僕は両手に黄昏刀剣《トワイライトブレード》を展開。
加えて、黄昏眼《トワイライトサイト》も発動する。

「それは……」

深く刻まれている
黄昏の刻印。
「私はすでに黄昏症候群《トワイライト・シンドローム》を克服している。
いうなれば、新しい人類なのだ」

「お前は……」
全身が炎で包まれている
異形の存在。
間違いない。
七魔征皇の一人である
イフリート。

追放された落ちこぼれ、辺境で生き抜いてSランク対魔師に成り上がる５

御子柴奈々

HJ文庫
1003

口絵・本文イラスト　岩本ゼロゴ

目次

プロローグ　理想の世界

Sランク対魔師《たいまし》たちを黄昏《たそがれ》危険区域に隔離《かくり》して、ついに私の計画を実行する時がきた。

もともと、自分が裏切り者であるとバレてしまうのは、時間の問題だと思っていた。

以前の第一結界都市の襲撃《しゅうげき》が失敗した時点では、こちらは後手に回るしかなかった。

だからこそ、こちらから行動をすることにした。

現在は、Sランク対魔師たちを大量の魔物《まもの》に襲《おそ》わせて、時間を稼《かせ》いでいる。

今度こそ第一結界都市を陥落《かんらく》させるのだ。

第一結界都市には、全ての結界都市の結界を制御《せいぎょ》している聖域がある。

聖域さえ抑《おさ》えてしまえば、目的は達成したも同然。

不必要な人類を黄昏へと追放し、必要な人間で新しい人類史をスタートする。

「サイラスさん。私たちは、こちらで行動をしますので」

「あぁ。分かっている」

「では健闘《けんとう》を祈《いの》っています」

「……」
私は七魔《しちま》征皇《せいこう》と別れて、第一結界都市へ向かっていた。
正直、このアウリールという七魔征皇のことは信頼《しんらい》していない。
利害関係が一致《いっち》しているからこそ、行動を共にしているに過ぎない。
相手もまた、同じだろう。
互《たが》いに信頼などなく、目的が同じだからこそ協力していただけだ。
ここまで、本当に長かった。
あの日、あの絶望を経験して、私は這《は》い上がってきた。
自分自身の正義を成《な》し遂《と》げるために。
今の旧態依然《きゅうたいいぜん》としている人類には変革が必要だ。
既《すで》に残すべき人類の選別は済ませてある。
後は、必要のない人間を間引いて、理想とする素晴《すば》らしい世界を作り上げればいい。
黄昏に支配されていることに慣れてしまった人類。
今こそ、私が変えるべきなのだ。
だが、何事にも障害というものは存在しているらしい。
ユリア＝カーティス。

二年間黄昏を彷徨《さまよ》って、突然《とつぜん》変異的に強くなった異形の存在。

おそらくは、今存在している人類の中でも一番黄昏に汚染《おせん》されているが、彼《かれ》は生きている。

黄昏に適応したと言っても過言ではないだろう。

彼は過去の私に似ている。

何も知らない、人間の善性を信じている愚《おろ》かな子ども。

そんな人間を生み出してしまったのも、今の人類の罪だろう。

ここでその因縁《いんねん》を断《た》ち切るべきなのだ。

確かな強さと正義感を備えた人間の行き着く先は、上層部の意のままに操《あやつ》られる傀儡《かいらい》でしかない。

「そうだ。私が変えるのだ」

もう、自分のような人間を生み出すべきではない。

黄昏によって人類は変わった。生きるべきではない人間に溢《あふ》れ、醜《みにく》い欲望で満たされている。

人類は今ここで浄化《じょうか》しなければならない。

そのためには犠牲《ぎせい》も厭《いと》わない。

だが、どうしてだろうか。
この心が落ち着かないのは。
私の目的は決まっている。
新しい人類史を始めるという大義がある。
その大義を果たすために、同じ人間を手にかけてきた。
間違《まちが》いなど、ありはしない。
「アリサ……」
結界都市に向かう足を速めながら、首から下げているペンダントを握《にぎ》りしめる。
妹のアリサのために、優《やさ》しい世界を作る。
それが私の人生の意味だ。
なぁ、アリサ。
私はここまできた。
やっと、アリサにとって理想の世界を作ることができそうだ。
第一結界都市の対魔師の配置は、既に把握《はあく》している。
残りのSランク対魔師たちは、七魔征皇たちが相手をすると聞いている。
私としては時間を稼いでくれたら、何でもいい。

Sランク対魔師の中でも、最も厄介《やっかい》だと思う連中は足止めしている。
大丈夫《だいじょうぶ》だ。
今度こそ、成し遂げることができる。
私は自分の信念を疑うことなく、進んでいく。
この先に、どのような結末が待っていようとも。
賽《さい》は——投げられた。

第一章　第一結界都市へ

僕《ぼく》らSランク対魔師たちは、任務で黄昏危険区域レベル３までやってきていた。

そこで裏切り者と判明したサイラスさんを迎《むか》え撃《う》つ覚悟《かくご》もしていた。

しかし、完全に僕は失念していた。

相手はSランク対魔師である僕らを、この場所に隔離するために行動をしていたのだ。

僕らのことを狙《ねら》っているに違《ちが》いない。

そんな先入観から、この状況《じょうきょう》を生み出してしまっていた。

周囲は大量の魔物で溢れていた。

次々と現れる魔物たちは、僕らのことを取り囲んでいく。

ウルフ系、スパイダー系、スコーピオン系に加えて、ドラゴンゾンビも三体ほど後ろから顔を出している。

流石《さすが》にこの程度の相手に倒《たお》されてしまう僕らではないが、おそらく相手の目的は時間稼ぎ。

向かった先からして、第一結界都市へと行ったに違いない。

以前の第一結界への襲撃と似たような状況ではあるが、完全に動けないわけではない。

ともかく、まずはこの魔物たちをどうにかしなければならない。

「くっ！　数が多いわね！」

エイラ先輩《せんぱい》が声を漏《も》らす。

「……ユリアくん！　先に行って！」

「しかし、ベルさん」

僕は一瞬《いっしゅん》だけ、戸惑《とまど》いを見せる。

「ここは誰《だれ》か行かないといけない。この中なら、ユリアくんが一番速く移動できる。だから行って。おそらくサイラスは、第一結界都市の聖域を狙っている」

聖域とは、確か全ての結界都市の結界を管理している特殊《とくしゅ》な領域のことである。

王族しか入ることが出来ず、僕たち人類にとっては最後の要と言ってもいい場所である。

確かに、聖域が相手の手に落ちれば結界都市には大量の魔物が自由に侵入《しんにゅう》できるようになってしまう。

そんなことは、絶対にさせてはいけない。

「ユリア。行きなさい！」

「おう！　ここは任せておけ」

「ユリア。サイラスを止めるんだ」

ベルさんだけではない。

エイラ先輩、ロイさん、ギルさんも僕の背中を押《お》してくれる。

覚悟はすぐに決まった。

「分かりました！　先に行きます！」

僕は身体強化で魔物の群れを飛び越《こ》えて、第一結界都市へと向かう。

その際、相手も僕がここから離《はな》れようとしているのは理解しているのか、ドラゴンゾンビが立ちはだかる。

「オラアアアッ！」

ドンッ！　と凄《すさ》まじい衝撃音《しょうげきおん》と共に、ドラゴンゾンビが真横に吹《ふ》き飛ばされていく。

「ロイさん！　ありがとうございます！」

「あぁ。行ってこい！」

ロイさんはグッと親指を立てた。

僕は仲間を信じて振《ふ》り向くことなく、先に進んでいく。

後方では激しい戦闘《せんとう》を繰《く》り広《ひろ》げる音が聞こえてくるが、徐々《じょじょ》にその音も聞こえなくなる。

みんながあの程度の仲間にやられるわけがない。

きっと、後からすぐに追いついてくれるだろう。

問題なのは、サイラスさんと七魔征皇《しちませいこう》が現在どこにいるのか、ということだった。

「……転移魔法《まほう》。どれほどの距離《きょり》を移動できるのか」

疾走《しっそう》する最中、僕は思考する。

ここから第一結界都市まではかなりの距離がある。

流石に直接転移できるわけではないだろう。

魔法の規模としても、それほど膨大《ぼうだい》な魔力《まりょく》を使っているわけではない。

「ともかく、早く行かないといけない」

僕はここで全身の魔力を脚《あし》に集中させる。

「黄昏加速《トワイライトアクセラレーション》」

ダッと右足を思い切り踏《ふ》みしめてから、僕はさらに加速していく。

自身の魔力だけではなく、周囲にある黄昏の魔素も利用して足だけに身体強化を施《ほどこ》す。

戦闘では流石に、他の部分の防御《ぼうぎょ》が弱くなるので使用できないが、純粋《じゅんすい》に一人で最高速を出すのならば、この魔法が適している。

そうして僕は、第一結界都市へと疾走していく。

二度とあのような悲劇を起こさないために。

◇

ユリアが単独で結界都市へ向かい、残りのSランク対魔師たちは大量の魔物と対峙《たいじ》していた。

「エイラちゃん。広範囲《こうはんい》で氷魔法を展開できる？」

ベルがエイラにそう問いかける。

「誰に言っているの？　任せなさいっ！」

エイラを中心にして巨大《きよだい》な魔法陣《まほうじん》が展開される。

「氷結領域《グレイシアフィールド》！」

そして、魔物たちが次々と凍《こお》りついていく。

もちろん相手も知能がないわけではない。

エイラの近くにいた魔物たちは凍りついてしまったが、逃《に》げ延《の》びている魔物もいた。

その魔物たちはベル、ロイ、ギルたちで対処をする。

「ロイ、ギル。行くよ！」

「あぁ！」

「分かっている！」

三人の攻撃《こうげき》によって一気に魔物たちが屠《ほふ》られていく。

三人共に理解している。

ユリアを先に行かせたとはいえ、こちらも悠長《ゆうちょう》にしている場合ではないと。

結界都市が再び襲撃されようとしているのは自明。

ならば、迅速《じんそく》に結界都市防衛のために戻《もど》らなければならない。

「……ロイ。あいつら、上に飛ばして」

「はは！　とんでもねぇこと言うなぁ！」

「できるでしょ？」

ロイを煽《あお》るようにベルは淡々《たんたん》と伝える。

「ベル！　タイミングを逃《のが》すなよ！」

「もちろん」

既に魔物はほとんど片付けている。

残っているのはドラゴンゾンビたちである。

「裂破!!」

ロイが地面に拳《こぶし》を叩《たた》きつけると、振動《しんどう》が周囲に広がっていく。

そして、まともにその振動を受けたドラゴンゾンビは体を宙に浮《う》かせる。

ベルにはその一瞬の隙《すき》だけで十分だった。

「……三体。いける」

ベルもまた、既に飛翔《ひしょう》していた。

刀を納刀して、ドラゴンゾンビたちが一線に並ぶ瞬間《しゅんかん》を見極《みきわ》める。

「──紫電一閃《しでんいっせん》」

抜刀《ばっとう》。

眩《まばゆ》い光が輝《かがや》いたと同時に、ドラゴンゾンビたちは一刀両断されていた。

しかし、相手はアンデッド属性を持っているドラゴン。

これだけで絶命はしない。

「おらあああああ!」

ベルの意図を理解していたギル、ロイ、エイラの三人は宙に舞《ま》っているドラゴンゾンビたちに一斉攻撃《いっせいこうげき》を仕掛《しか》ける。

「二人とも！　頼《たの》むわよ！」

エイラが氷属性の魔法で相手を氷漬《づ》けにする。

そして、ロイとギルの二人がその氷を粉々に砕《くだ》いていく。

パラパラと舞う氷片《ひょうへん》。

ドラゴンゾンビは復活する暇《ひま》もなく、完全に沈黙《ちんもく》した。

「みんな、私は先に行くから」

魔物たちを全て撃退《げきたい》したのを確認《かくにん》すると、ベルは既に駆《か》け出していた。

「ったく。あいつは早《はえ》えな！」

「ロイ！　私たちも行くわよ！」

「分かってるよ！」

エイラとロイもまた、既に駆け出していた。

「ふう。年寄りの俺《おれ》には、なかなか辛《つら》いが……やるしかないな」

ギルもまた、そうして駆け出していくのだった。

◇

僕は依然《いぜん》として、黄昏の中を疾走していた。

襲ってくる魔物は、ほぼ無視をしているがかなり追いかけてくる。

追いつかれることはないのだが、明らかに他の魔物とは違う。

まるで、僕だけを狙っているかのような感じだ。

おそらくは、七魔征皇に操作されているのだろう。

「もう少しだ……」

疾走する中で、やっと視界に第一結界都市が見えてきた。

結界都市の周りには、大量の魔物で溢れかえっていた。

対魔師たちは、結界都市をこじ開けようとしている魔物たちは、結界に体当たりを繰り返している。

対魔師たちは戦闘をしているが、魔物の量があまりにも多すぎる。

この戦場は、混沌《こんとん》と化していた。

「黄昏刀剣《トワイライトブレード》」

両手に黄昏刀剣《トワイライトブレード》を展開。

低い姿勢を保ちながら単独で魔物の群れの中に突撃《とつげき》していく。

「なんだ⁉」

「新手か⁉」

「いや、あれは‼」

他の対魔師たちは僕の姿を見て慌《あわ》てているようだったが、すぐに僕であると気がついてくれる。

「あれは、Sランク対魔師のユリアだ！」

「おぉ！　いける！　いけるぞ！」

「す、すげぇ……」

他の対魔師たちが呆然《ぼうぜん》としている中、僕はすでに百匹《ぴき》以上の魔物を屠っていた。

まるでダンスをするかのように、この混沌としている戦場の中を舞う。

黄昏刀剣《トワイライトブレード》も進化してきているのか、今までよりもより長く強度を保つことができている。

「はあああああ‼」

こんなところで、時間を取られている場合ではない。

すでにサイラスさんと七魔征皇は第一結界都市内に入っているに違いない。

彼らを止めるためにも、僕は全力で魔物を撃破《げきは》していく。

「……はぁ……はぁ……」

どれだけ魔物を撃破したのか、もう分からない。

ただほぼ全ての魔物を倒すことができたのは、間違いない。


「おい……マジかよ」

「あれがSランク対魔師か」

「か、格が違う……」


僕は呼吸を整えてから、他の対魔師たちに話を聞くことにした。

「あの！　中の様子はどうなっていますか⁉」

「な、中にも魔物が溢れかえっていますよ。一応、外と中で部隊が分かれて戦っている感じです……」

「分かりました！」

僕はその話を聞いてから、すぐに結界都市内へと入っていく。

いつもは人で溢れている結界都市は閑散《かんさん》としていた。

代わりに魔物たちと対魔師たちが戦いを繰り広げていた。

外の魔物とは異なり、ランクの高い魔物が多い。

サラマンダー、オーク、ヒュージスパイダーなどサイズが大きい魔物が目立つ。

そして視線の先に見える王城の周りには、王城の正門が見えない程《ほど》に魔物が溢れかえっていた。

おそらくは、王城の中に侵入させないように魔物を固めているのだろう。


「くっ！」

「数が多い！」

「くそっ！　また襲撃か！　どうなっているんだ！」

見るからに住民の避難《ひなん》は済んでいるようである。

以前の襲撃を経験して、流石に避難行動はスムーズにできるようになっているみたいだ。

「シェリー！　こっちも多いよ！」

「分かっているわ！　でも、カバーできないわっ！　ソフィア！　危ないわよっ！」

「え？」


聞き慣れた声が聞こえてきた。

視線の先にいるのは、ソフィアとシェリーだった。

二人とも結界都市内の部隊で戦っていたのか。

ちょうど二人でカバーし合うように戦っている二人だが、ソフィアの死角から魔物が襲いかかってきていた。

僕は加速していくと、黄昏刀剣《トワイライトブレード》を振るって次々と魔物たちを切り裂《さ》いていく。

間一髪《かんいっぱつ》のところで二人の危機を救う。

「シェリー！　ソフィア！　大丈夫⁉」

「ユリア⁉」

「帰ってきたの⁉」

「うん。今はとりあえず、目の前の敵を倒そう」

「ええ！」

「分かったわ」

そこから先は、こちらが圧倒《あっとう》するだけだった。

僕の存在を認識《にんしき》した他の対魔師たちも士気が上がったのか、明らかに動きが良くなっている。

そして、街に溢れていた魔物たちはほとんど討伐《とうばつ》することができた。

「ふぅ」

「流石、ユリアね」

「うんうん！　ユリアってば、本当に強いね」

「褒《ほ》めてもらって恐縮《きょうしゅく》だけど、今は急がないといけない。部隊の隊長はどこに？」

と、僕が二人に聞いた時、あちらから一人の男性が近寄ってきた。

「ユリア君だね？」

「はい」

「私がこの部隊を指揮している者だ」

「現在の状況はどうなっています？」

「結界都市に残っているSランク対魔師たちは、他の結界都市を守るために出陣《しゅつじん》した。第一結界都市は、主にAランク対魔師を固めることで対処をしている」

「……なるほど。それで、サイラスさんの姿は見ましたか？」

「いや、見ていないが」

「そうですか」

おそらくは、目撃《もくげき》されていないと考える方が妥当《だとう》だろう。

すでに相手は王城まで侵入していると考えるべきだ。

ここで希望的観測に縋《すが》るわけにはいかない。

常に最悪のケースを考えて立ち回るしかない。

「僕は王城に向かいたいのですが、協力してもらえますか？」

「王城に何かあるのか？」

相手が尋《たず》ねてくるので、概要《がいよう》だけ伝える。

「おそらく、七魔征皇が侵入している可能性があります」

「なんと……この騒動《そうどう》もそういうことか」

「はい」

理解はしてもらえるようだった。

「王城の周りの魔物だが、他の魔物のように無差別に行動をしているわけではない。王城の入り口に近づく者を襲うようになっている」

「なるほど」

「七魔征皇に王城の魔物。敵の狙いはもしかして、聖域か？」

「おそらく、そうでしょう」

隊長も理解してくれたようだ。

今回の襲撃は以前よりもさらに緊急《きんきゅう》事態であると。

もしかすれば、人類が完全に敗北してしまう可能性もある。

「分かった。部隊を再編成して、ユリア君が王城に入ることができるように協力しよう」

「ありがとうございます」

頭を下げると、彼は軽く手を上げてから他の対魔師たちを集める。

「ユリア。一人で行くの？」

後ろからシェリーがそう声をかけてくる。

「うん。そのつもりだよ」

シェリーの瞳《ひとみ》をまっすぐ見つめる。

どうやら、彼女《かのじょ》は僕に何か言いたいように思えた。

「私も行っていい？」

「……危険だ」

僕はすぐにそう言った。

この先、どんな戦いになるのか分からない。

ただ魔物が溢れているだけではない。

王城内には、おそらく七魔征皇とサイラスさんがいる。

七魔征皇だけでも厄介だというのに、サイラスさんが控《ひか》えているのは、本当に最悪でしかない。

人類最強と謳《うた》われているサイラスさん。

そんな彼に勝利しなければ、僕らに明日はやって来《こ》ない。

だからこそ、シェリーをそんな危険な戦いに巻き込みたくないと思った。

「ユリア。私、あなたと出会ってからずっと鍛錬《たんれん》を重ねてきた。ずっと先を進むあなたの隣《となり》に立つために。一緒《いっしょ》に戦うために、進んできた。きっとその瞬間が、今なんだと思うの。もう前までの私じゃない。ユリア、どうか一緒に連れて行って。絶対に、足を引っ張るようなことはしないから」

「……」

シェリーは真剣《しんけん》な声色《こわいろ》で自分の思いを伝える。

そして、深く頭を下げてきた。

もしかしたら、僕は仲間の思いというものを履《は》き違えていたのかもしれない。

仲間を危険に晒《さら》したくないから、自分一人で頑張《がんば》る。

けど、そうだ。

僕らは友人であり、戦友なんだ。

この黄昏の世界で戦う、同じ目的を持った仲間だ。

シェリーの言葉を聞いて、そんな当たり前のことに改めて気がついた。

「分かった。僕はもう、何も言わない」

「ありがとう」

「その代わり、この先の戦いは熾烈《しれつ》を極《きわ》める。それだけは、覚悟しておいて欲《ほ》しい。命がかかっている戦いになる」

「ええ。分かったわ」

命がかかっている。

その言葉を聞いても、シェリーが怯《ひる》むことはなかった。

どうやら覚悟はしっかりとできているようだった。

「ユリア、シェリー」

次はソフィアが声をかけてくる。

「私は自分の実力が分かってるから、ついて行くなんて言えない。でも、私も私の戦いを頑張る。だから、絶対に帰ってきてね」

「うん」

「ええ。約束よ」

それから、隊長たちと合流して、王城に侵入する作戦を立てることになった。

概要としては、他の対魔師たちで魔物たちを引きつけて、僕とシェリーが上空から飛翔して正門を越えるという作戦である。

「上空から侵入か……」

隊長は完全には納得《なっとく》していないようだった。

「はい。王城周りの魔物は、ランクも高い上に数も多い。自分もこの先の戦いのことを考えて、できるだけ魔力は温存しておきたいです。だからこそ、上から飛んで行くのが最善かと」

「ふむ……確かに、後のことを考えるとそうなるか」

「はい。それで僕は……」

と、僕の考えを伝えると全員が唖然《あぜん》とした顔をした。

「あははは！　長年、指揮をとってきたがそんな作戦は思いついたことがない。流石は、英雄《えいゆう》ユリアと言ったところか？」

「そんな大層な者ではありませんよ。ただ、人類の命運がかかっているのです。それ相応のリスクは取るべきでしょう」

「うむ。若いというのに、勝負どころがしっかりと分かっている。よし。その作戦で行こう」

作戦は固まった。

十分後に作戦は開始となることになった。

本来ならばもっと時間が欲しいところだが、こればかりは仕方がない。できるだけ早く、サイラスさんのところに辿《たど》り着かないといけないのだから。

「シェリー。大丈夫？」

シェリーはどこか遠くをじっと見つめていた。

「いつかきっと、自分が命をかけて戦う時が来ると思っていたわ。その覚悟もできているつもりだった。けど、やっぱり怖《こわ》いわね」

シェリーは微《かす》かに震《ふる》えていた。

「ユリアはいつもこんな戦場で戦っていたのね」

「そうだね」

「うん。それなら、大丈夫」

「……？　どういう意味？」

気がつけば、シェリーの震えは止まっていた。

「ユリアと同じ道を進むなら、怖くないわ」

「そっか。シェリー、二人で進んでいこう」

「ええ」

コツンと拳を合わせる。

そう話してる間に、ついに作戦の時間になった。

「総員、ありったけの火力で魔物《まもの》に総攻撃《そうこうげき》だ！」

「おぉ！」

「うおおおおおお！」

「はあああああああ！」

僕とシェリーは後方に控えている。

ここにいる対魔師《たいまし》たちが総攻撃を開始する。

作戦の内容としては、陽動作戦である。

相手の気を引いているうちに、僕とシェリーが上空から正門をくぐり抜《ぬ》けるというものである。

「今だ‼」

隊長の声が聞こえてくると同時に、僕はシェリーの体を抱《だ》きかかえる。

「ユリア！　今よ！」

シェリーが僕に触《ふ》れて、魔力を流し込んでくる。

そして、僕の魔力と組み合わさって一時的に莫大《ばくだい》な魔力が生成される。

ダン！　と思い切り地面を踏み締《し》めて加速を開始。

行動としては単純である。

シェリーを抱きかかえたまま、上空から侵入する。

二人でそれぞれ飛んでもよかったが、一気に侵入するにはこの形が一番良いと判断した。

万が一、片方が撃ち落とされないように。

ただし、僕とシェリーが二人とも撃ち落とされてしまう可能性もある。

「はああああああ‼」

僕は雄叫《おたけ》びを上げると同時に、ついに飛び上がった。

まるでスローモーションのように、世界が過ぎ去っていく。

僕らの存在に気がついた魔物たちは、それぞれ攻撃をしてくる。

しかし、仲間たちが総攻撃をしてくれるおかげで、そこまで攻撃の量は多くない。

それに最大限加速した僕らを完全に追い切れてはいない。

正門を越えて、僕とシェリーは互《たが》いに受け身を取って王城の前にたどり着いた。

「シェリー！　行こう！」

「えぇ！」

すぐに起き上がると、僕らは振り向くことなく王城に侵入して行くのだった。

第二章　王城での戦い

ユリアの後を追うようにして、ベルたちもまた第一結界都市まで無事にたどり着くことができた。

「……なるほど。ということは」

現在は、結界都市の正門で対魔師から現状を聞いている最中だった。

「最悪のケースね。前回とは違って、他の結界都市も襲《おそ》っているなんて。戦力を分散させるのが目的かしらね」

エイラは現状を冷静に分析《ぶんせき》する。

彼女の言い分は、的を射ていた。

サイラスと言えど、Sランク対魔師全員と戦うことは避《さ》けたいと思っている。

人類の内情をよく知っているサイラスだからこそ、他の結界都市に魔物を放てば、Sランク対魔師たちの戦力は分散すると分かっていた。

「……第一結界都市は私一人で行く。ギル、ロイ、エイラちゃんは各結界都市に向かって」

「ベル。いいのか？」

　ギルが言葉を投げかける。

「うん。それに、クローディアのこともある」

「……そうだな」

　ベルとギルは気がついていた。

　サイラスとクローディアが恋人《こいびと》同士であることを。

　ベルはクローディアと仲が良く、直接話を聞いたわけではないがなんとなく察していた。

　そんな彼女が何も知らないわけがない。

　そのような因縁《いんねん》もあって、ベルは自分が行くと言った。

　もちろん感情論だけではなく、戦力的にもこの中でも最も強い自分が行くべきだと冷静な判断も下すことができていた。

「じゃあ、私たちは行くわね。ほら、ロイ。行くわよ」

「……ベル。死ぬなよ？」

「誰に言っているの？」

「ははは。そうだよな。お前ほど強い奴《やつ》は見たことはねぇ。俺は、人類最強はサイラスじゃなくて、お前だとずっと思っていたよ」

「ありがと」

最後の言葉を交《か》わして、全員が散開していく。

ベルは単独で第一結界都市の中へと侵入していく。

依然として魔物は溢《あふ》れているが、しっかりと統率《とうそつ》は取れている。

助力する必要はないと判断して、ベルは王城へと疾走していく。

「これは……」

ベルもまた、王城の正門前に溢れている魔物に気がついた。

「ベルか」

「ユリア君は？」

隊長と顔見知りであるベルは、すぐに現状を尋ねる。

「シェリー＝エイミスと共に王城内へと入っていった」

「方法は？」

「こちらで敵を引きつけて、敵の上を飛んでいった」

「……相変わらず、無茶《むちゃ》をするんだから」

「で、どうする？」

「私もそうする」

「分かった。では、こちらもすぐに準備しよう」

そして、ユリアと同様の方法でベルは正門へとたどり着いた。

ベルの身体能力はユリアと同等かそれ以上。

単独であれば容易に魔物たちを躱《かわ》すことができた。

王城へと入っていく最中、ベルは脳内で今回の戦いのことを考える。

(サイラスの目的は分かった。

おそらくは、王族……中でもリアーヌ様は聖域の鍵《かぎ》になっている。

狙《ねら》っているのは間違《まちが》いないけど、リアーヌ様もそれは分かっているはず。

でも、その二人の戦いになってしまえば、リアーヌ様に勝ち目はない……私がなんとかしないと)

疾走する最中、ベルはリアーヌの身を案じる。

その一方で友人であったクローディアのことも考えていた。

いつも明るく振る舞っていたクローディアが、時折暗い表情を見せていたのは、気がついていた。

それにサイラスに強い恋心《こいごころ》を抱いていたことも。

サイラスとクローディアが隠《かく》れて二人で一緒にいることは、何度も目撃していた。

恋人同士であることは、すぐに分かった。

全てを知っていたのに、ベルは何も尋ねることはなかった。

人の心に踏み込んでいいのか、ベルには分からなかったから。

人類最強の剣士《けんし》と言われた彼女も、人の心までは完璧《かんぺき》に理解できていなかったのだ。

（クローディア……きっと、あなたはサイラスの目的を知っていたからこそ、悩《なや》んでいたんだと思う。でももし、あなたがサイラスの味方をするのなら――）

腰《こし》に差している剣《けん》に触れる。

サイラスとクローディア。

今まで一緒に戦ってきた仲間を、友人を斬《き》り捨てないといけない。

非情にならないといけない。

二人は人類の敵。

敵は斬り捨てる。全て、全てを斬る。

今は亡《な》き彼女の師匠《ししょう》から教えられた全てをもって。

それだけが、ベルに残された確かな意思なのだから。

人類最強の剣士は、王城の階段を駆け上がっていく。

◇

僕《ぼく》とシェリーは無事に王城の中に入ることができた。

王城の中は閑散としていた。

まるで誰《だれ》もいないかのような静寂《せいじゃく》。

不気味なほどに静かな王城の雰囲気《ふんいき》に、シェリーは思わず固唾《かたず》を飲む。

僕はそして、シェリーに現在の状況《じょうきょう》を伝えた。

どうして結界都市が再び襲撃《しゅうげき》されているのか、どうして王城を目指しているのか。

ここまできてしまえば、情報を共有しないわけにもいかない。

僕は全ての真実をシェリーに伝えた。

「そう……そんなことが」

「うん。サイラスさんは止めないといけない」

「戦うことになるのよね？」

「そうだね」

「……分かったわ。私も伊達《だて》や酔狂《すいきょう》でついてきたわけじゃない。一緒に戦いましょう」

「ありがとう」

完全に割り切ったわけではないが、それでもシェリーは一緒に戦ってくれると言った。

今の僕には、本当に心強い味方だった。

「ユリア。それで、これから先はどうするの？」

「聖域を目指すよ」

「聖域……確か場所は」

「最上階だ。きっとその先に、サイラスさんがいる」

「……分かったわ」

シェリーはこくりと頷《うなず》いた。

これから先の戦いは死闘《しとう》になる。

その覚悟《かくご》を持っているとはいえ、やはり緊張《きんちょう》しないなど無理なことである。

僕も今までの経験からある程度慣れているが、何も思わないわけではない。

七魔征皇《しちませいこう》だけではなく、サイラスさんと戦う可能性がある。

今までお世話になった人を躊躇《ちゅうちょ》なく殺すことができるのか。

いや、今は迷っているだけ無駄《むだ》な時間だ。

そうして僕とシェリーは王城にある螺旋《らせん》階段を登っていこうとするが、そこには人が倒《たお》れていた。

あの対魔師は、見たことがある。

確か、リアーヌ王女の護衛の対魔師たちだ。

基本的にはベルさんが護衛しているが、その他にも彼女には護衛がいた。

Aランク対魔師でそれなりの実力者である人たちが、うめき声を漏《も》らしている。

「う……うぅ……」

「大丈夫《だいじょうぶ》ですか⁉」

「ユリア……カーティスか」

意識がかろうじて残っている人に話しかける。

「状況は⁉」

「リアーヌ様はお一人でサイラスと決着をつけるつもりだ……」

「戦うつもりだと?」

「あぁ」

「それは流石《さすが》に……」

無茶だろうと思うのは、当然だろう。

一人のか弱い王女と、人類最強の対魔師。

勝敗は火を見るより明らかである。

「リアーヌ様も……負けるつもりは毛頭ない。王家に伝わる秘技で相対するつもりだ」

「王家に伝わる秘技……？」

聞いたことはないが、どうやら全く勝算がないわけではないらしい。

「ユリア……この上には、敵が待っている」

「敵？　魔物ですか？」

「いや、確認されていない七魔征皇だ……」

「七魔征皇……」

確認されていない七魔征皇。

もしかして、ベルさんの師匠の仇《かたき》であるあの七魔征皇か？

そして、僕が相手の特徴《とくちょう》を聞こうとしたところで、その人は気絶してしまった。

「ユリア。他の人も、死んではいないみたいよ」

「だね。外傷はあるけど、命に別状はないみたいだ」

僕らは気絶している人たちを一ヶ所に集めてから、さらに階段を登っていく。

しっかりと介抱《かいほう》してあげたいが、今はそんな余裕《よゆう》はない。

きっと後から入ってくる対魔師たちが保護してくれるだろう。

僕とシェリーが次の階にたどり着くと、そこには一人の人間……いや、七魔征皇が立っていた。

「あぁ。ついに来たようねぇ……」

全く見たこともない七魔征皇だった。

一見すれば人間にも見えるが、頭には大きな角があり、下半身からは尻尾《しっぽ》が伸《の》びていた。

髪色《かみいろ》は紫《むらさき》で少しだけ奇抜《きばつ》に見える。

細身ではあるが、しっかりと鍛《きた》えているのは分かった。

それに纏《まと》っている魔力《まりょく》の量も尋常《じんじょう》ではない。

また口調と声色からして、女性のようである。

「七魔征皇が一人、ヴェルナー。以後お見知りを」

丁寧《ていねい》な所作ではあるが、殺意を持った目をこちらに向けている。

僕とシェリーはすでに臨戦態勢に入っていた。

「では、殺し合いを始めましょう。この先には、誰《だれ》一人として通してはならないと言われているので」

両手を広げると、左右に青と赤の炎《ほのお》を灯《とも》す。

いや、青い方は炎じゃない？
ともかく、敵の能力が分からない以上、一気に決着をつけるのは無理だろう。
「シェリー。僕が先に行く」
「分かったわ」
言葉はそれだけで十分だった。
僕は両手に黄昏刀剣《トワイライトブレード》を展開。
加えて、黄昏眼《トワイライトサイト》も発動する。
改めて、ここに存在している魔素が可視化される。
両手から溢れている炎は以上な魔素を蓄《たくわ》えている。
攻撃《こうげき》手段としては、近距離《きんきょり》系かそれとも遠距離系か。
分からないが、戦闘《せんとう》をして情報を集めるしかない。
「……ッ!!」
地面を蹴《け》って、一気に加速していく。
シェリーも僕に続いて相手に特攻《とっこう》していく。
僕とシェリーの戦闘スタイルは、近接に特化している。
まずは距離を詰《つ》めないといけない。

「ふふ。さぁ、私の庭で踊《おど》りなさい？」

相手は右手を振《ふ》るった。

すると、青い氷の壁《かべ》が一気に僕らに迫《せま》ってくる。

「目眩《めくらま》し？」

僕とシェリーはすぐにその氷の壁を、切り裂いていくが……。

「熱⁉」

「ユリア！　気をつけて！」

「分かってる！」

氷に間違いはない。

だが、この氷は確かに熱を持っていた。

散らばる氷の礫《つぶて》はそれぞれがまるで炎のようだった。

「さぁ、これはどうかしら？」

次は頭上から炎が降り注いでくる。

僕とシェリーはバックステップで避けると、地面は炎で固まっていた。

燃えているが、まるで氷のように地面に固まっているのだ。

「もしかして……」

「ええ。見た目と逆の性質になってるのかしら」

敵と距離を取った僕とシェリーは、そう言葉にする。

まるであべこべの能力。

でもこの程度なら、問題はない。

氷を炎、炎を氷と再定義すればいいだけだ。

再度、僕らは相手との距離を詰めていく。

「ふふ。と、思うでしょう？　でもこの能力が深いところは、そこじゃないのよねぇ」

相手の声が微かに聞こえてくるが、僕らはさらに距離を詰めていく。

真っ赤な炎が迫ってくるが、これは氷だ。

そう思っているが、近づくにつれて確かな熱を感じる。

「……そういうことかッ！」

相手の能力に気がついた僕は、真っ赤な炎を避けてから相手の懐《ふところ》へと潜《もぐ》り込んだ。

「気がついたみたいだけど、これはどうかしら？」

眼前に迫る氷の礫。

黄昏刀剣《トワイライトブレード》で全てを弾《はじ》くが、それは熱を持っていた。

散らばる氷のカケラが、僕の体を焼いていく。

「くっ‼」

思わず声を漏らしてしまう。

相手の能力は、見た目の性質を入れ替《か》えることではない。

自由に性質を変化させることなんだ。

つまり、普通《ふつう》に火属性や氷属性の魔法《まほう》も使える。

ただそれを、任意で変えることができる。

一見、攻略《こうりゃく》は簡単そうに思えたが、常に炎と氷が入れ替わっていないか思考する必要がある。

炎と氷では対処の仕方が異なるからだ。

戦闘においてできるだけ無駄な思考は避けたい。

幾《いく》ら近接戦闘を得意としているからと言って、相手のこの魔法は無視できるものではなかった。

「ユリア！　カバーするわ！」

僕がダメージを負ったのを見て、シェリーがすかさずカバーに入ってくれる。

どうやらシェリーも相手の能力に気がついているようだった。

散らばっている氷のカケラを弾いてから、敵に一太刀《ひとたち》浴びせようとする。

「ふふ。いいわ。とっても綺麗《きれい》な連携《れんけい》ねぇ。でも私、そんな二人を蹂躙《じゅうりん》することがとっても大好きなの」

相手が左手を振った。

左手は氷属性の魔法である。

地面から次々と氷の棘《とげ》が生えて、僕らを襲ってくる。

それらは熱を持っているものもあれば、純粋《じゅんすい》に氷のものもあった。

たまらず、僕とシェリーは再び距離を取るしかなかった。

「どうやら、かなり厄介《やっかい》な魔法みたいだ」

「そうみたいね。部分的に性質を入れ替えることもできるみたい」

「でも、相手は近接戦闘を避けようとしている」

「そこに勝機があるってこと？」

「うん」

そして僕は簡潔にシェリーに作戦を伝えた。

彼女は目を大きく見開いてから、深く頷いた。

「あらあら。仲良くご相談の時間かしら？　でも、私の世界を突破《とっぱ》できるかしら？　単純だけど複雑。思考が鈍《にぶ》るたび、動きも鈍る。そろそろ、お遊びも終わりにして、殺しましようかね」

相手は依然《いぜん》として余裕を持っている。

僕らは多少なりともダメージを負ってしまったが、相手は何もダメージを受けていない。

自分の魔法のポテンシャルをしっかりと理解して、立ち回っているのがよく分かる。

「はああああああ!!」

先に走って行ったのはシェリーだった。

「あらあら。そんな簡単に前に出ていいのかしら?」

炎の波が迫ってくる。

見た目は炎だが、冷気が僕の方まで伝わってくる。

この炎は性質を入れ替えてある。

だが、気がついたが、発動した魔法は途中《とちゅう》で性質を入れ替えることはできない。

確実に固定された性質に変化はないのだ。

それなら、こちらも戦い方がある。

僕は最大限に黄昏眼《トワイライトサイト》を展開する。

視界に映る情報を魔素だけに限定する。

シェリーは一人でなんとか前線を張ってくれている。

「あはは！　やっぱり、女を痛ぶっている時が、一番楽しいわねぇ！」

今すぐシェリーを助けたいが、その頑張りを無駄にするわけにはいかない。

「よし」

準備は整った。

僕は最大速で駆《か》け出した。

大きく右回りして、敵の意識を外側に向ける。

フォーカスは今、僕に向いている。

「ふふ。さぁ、どっちでしょうかね？」

眼前に迫る炎と氷の波。

だが、今の僕にはどちらも関係ない。

視界に映る情報ではなく、その魔法の根源にある魔素しか今は映っていない。

つまりは、相手の攻撃を見ただけでどっちの性質を持っているか分かるということだ。

今までこのような眼の使い方はしたことがないが、実行することができた。

炎と氷はどちらも性質が入れ替えられている。

僕は冷静にどちらの攻撃も対処すると、さらに距離を詰めていく。

「……!?　もう対応したって言うの！　この、化け物め！」

さらに火力を上げてくる。
あべこべにしている攻撃、通常の攻撃。
どちらにせよ、僕はただ敵の攻撃を捌《さば》いて距離を詰めるだけでいい。
「シェリー！」
声を掛《か》ける。
相手は僕に注視していたので、シェリーの方へ注意が逸《そ》れる。
七魔征皇はすでにシェリーが近くまで来ていると思っていたのだろうが、違《ちが》う。
彼女《かのじょ》は後方から魔法を発動した。
「閃光《フラッシュ》！」
シェリーが発動した魔法は光属性の閃光《フラッシュ》である。
ただの目眩しであるが、この状況には一番適した魔法だった。
「くうううっ！」
モロに閃光《フラッシュ》をくらった相手は思わず目を手で覆《おお》い隠してしまう。
魔法の発動には、手が起点となっていることも分かっていた。
視界と魔法の発動起点。
どちらも封《ふう》じた瞬間《しゅんかん》、すでに勝敗は決着していた。

「――終わりだ」

一閃《いっせん》。

黄昏刀剣《トワイライトブレード》で相手の胸部を深く切り裂《さ》いた。

溢れ出る血液。

地面には鮮血《せんけつ》が広がっていく。

「あ……う……」

倒れ込《こ》む七魔征皇。

僕はゆっくりと相手に近づいていく。

「ふ、ふふ。流石はユリア……カーティスと言ったところね」

「容赦《ようしゃ》はしない」

「ええ。あなたの方が強かった。それだけのことよ」

僕は黄昏刀剣《トワイライトブレード》で相手の心臓を貫《つらぬ》いた。

すると、相手はパッと全身が魔素になった。

パラパラと舞《ま》う魔素が天に昇《のぼ》っていく。

「ユリア。やったわね」

「うん。シェリーもありがとう」

「これくらい、どうってことないわよ！」

所々怪我《けが》はしているが、シェリーは十分に動けるほどの元気はあるようだった。

七魔征皇の一人を討伐《とうばつ》することができた。

強敵ではあったが、十分に戦えるほどだった。

相手の序列などは知らないが、おそらくは今の相手は下の方だと思っている。

以前戦ったイフリートや、他の七魔征皇たちの方が纏っている魔力が桁違《けたちが》いだった。

油断してはいけない。

七魔征皇を一人倒したところで、戦いは終わりではないのだから。

「シェリー。先に進もう」

「ええ」

そうして僕らは、再び螺旋階段を登っていく。


螺旋階段を登っていくと、さらに魔素が濃《こ》くなっているような気がした。

「ユリア」

「うん。気がついているよ」

シェリーもまた、気がついているようである。

先ほどは七魔征皇を討伐したが、まだまだ強敵は潜《ひそ》んでいる。

それだけは間違いないようだ。

果たして僕らに時間はどれだけ残されているのだろうか。

それはやはり分からない。

しかし、それでも僕らは進まないといけない。

「シェリー。来たよ」

「えぇ」

螺旋階段の途中、魔物が現れる。

相手はウルフとスパイダーだった。

それほど強敵ではないが、ざっと見て数は三十を超《こ》えている。

そもそも、王城は前回の襲撃があったこともあるが、元々このような事態にならないように守りが強固になっている。

だというのに、これだけ魔物がいるということは……やはり、サイラスさんは本気で人類の選抜《せんばつ》とやらを実行しようとしているのだろう。

僕とシェリーは協力して、目の前の魔物を倒していく。

初めは僕一人の方がいいと思っていたけれど、シェリーがいてくれて良かった。

「ふぅ。こんなものね」

戦闘が終わると、シェリーは剣を納める。

「正直、初めは自分一人でいいと思っていたけど、シェリーがいてくれて良かったよ」

「そうなの？」

「うん」

「そっか。それなら、私も力になれているってことよね」

「もちろん。強敵一人ならともかく、こうして雑魚《ざこ》敵も湧《わ》いてくる。その対処は流石に一人だとかなり疲労《ひろう》するからね」

「私もユリアの隣《となり》に立つために、一緒《いっしょ》に戦うために努力してきたから。そう言ってもらえて、嬉《うれ》しいわ」

シェリーは真剣《しんけん》な表情のまま、そう言った。

決して覚悟なしでついてきたわけではない。

僕もそれなりに場数を踏《ふ》んできた自負はある。

Sランク対魔師になってから、幾度《いくど》も強敵と戦ってきた。

ただ、僕が知らないだけでシェリーも頑張《がんば》っていたのだ。

その目標が僕と言うのだから、僕はさらに強くならないといけない。

そして、ついに次の階に辿《たど》り着くと、大きく開かれたホールの中央には、ドラゴンゾンビが二体うろついていた。

「ドラゴンゾンビ……またか」

相手にまだ悟《さと》られないように、僕は息を潜めて声を漏らした。

「また？」

「こっちに戻《もど》ってくる際、ドラゴンゾンビに足止めされたんだ」

「そういうことね」

「シェリーは光系統の魔法は使える？」

「ええ。使えるわ」

「なら、僕が相手を削《けず》る。トドメはシェリーに任せるよ」

「了解《りょうかい》したわ」

相手が再生する暇《ひま》もないほど攻撃をすることで、撃破《げきは》するのは可能だ。

しかし、この先に待っているのは七魔征皇とサイラスさんだ。

シェリーと二人でしっかりと負担は分散するべきだろう。

「シェリー、行こう！」

「ええ！」

そして、僕が戦闘になってドラゴンゾンビへと突《つ》っ込んでいく。

姿勢を低くして両手には黄昏刀剣《トワイライトブレード》を展開。

一気に加速すると、僕の存在にやっと気がついた一匹《ぴき》のドラゴンゾンビの眼球を切り裂いた。

『ギィイイイイアアアアアア！』

と、叫《さけ》び声《ごえ》を漏らしているうちに、僕はもう一匹のドラゴンゾンビへと迫る。

僕に向かって火炎《かえん》を吐《は》いてくるが、一瞬《いっしゅん》でそれを避けると再び眼球を狙う。

しかし、先ほどとは違って奇襲《きしゅう》は成功しなかった。

先ほどの僕の攻撃を見て学習しているのだろう。

相手は激しく首を振《ふ》ることで、僕が顔面に飛びついてくるのを防いでいた。

「はあああああ！」

その一方で、シェリーは白く光《ひか》り輝《かがや》く剣を振るっていた。

おそらくは、エンチャントの類だろう。

光属性を付与《ふよ》した刀剣《とうけん》は、眼球を傷つけられたドラゴンゾンビを確実に追い込んでいた。

僕が放つ通常攻撃とは異なり、光属性の攻撃はほぼ治癒《ちゆ》しない。

今のシェリーの攻撃は相手にとって最悪の相性《あいしょう》である。

僕が基本的にドラゴンゾンビの相手をして、弱ったところをシェリーに対処してもらう。

このコンビネーションによって、僕らはドラゴンゾンビを撃破することができた。

『グゥ……ウウウウゥ』

うめき声を漏らして、ドラゴンゾンビは消え去っていった。

「ふぅ。終わったわね」

「うん」

二人でそう話をしていると、コツコツと誰かが歩みを進めている音がする。

「やはり、この程度ではダメでしたか」

「お前は……」

全身が炎で包まれている異形の存在。

間違いない。

七魔征皇の一人であるイフリート。

あの時は僕がなんとか勝利を収めたが、完全に相手を屠《ほふ》ったわけではない。

どこかで接敵する可能性も考えていたが、まさかここで相対するとは。

「二人ですか。全く余計な」

「シェリー。七魔征皇の一人だ。かなり強力な炎を使ってくる」

「分かったわ」

僕とシェリーは武器を構える。

「さぁ、あの時の因縁に決着をつけましょうか」

再び、激闘《げきとう》が始まる——。

◇

王族の中でも特別な存在として、私は生を受けた。

聖なる力を宿した聖女であり、私はこの黄昏の世界に対抗《たいこう》するために結界都市を維持《いじ》するという大役を任されていた。

それに付随《ふずい》して、軍人とも関わる機会が多くなっていた。

ベルとの出会いはその中でも、転機になると言っていいだろう。

ベルティーナ＝ライト。

Ｓランク対魔師《たいまし》に抜擢《ばってき》された若い女性で、彼女は私の護衛として採用された。

「リアーヌ様……よろしくお願いいたします」

深く一礼をしてくる。

初めの印象は暗くて大人しい人だった。

あまり会話もなく、私の背後をついて回っているだけ。

頼《たよ》り甲斐《がい》もないし、本当に強いのかどうか分からない。

正直、期待なんかしてなかった。

「リアーヌ様」

「どうかしたの、ベル」

「こちらへ」

私は王族ということもあって、狙われることが何度かあった。

後で知ったことだけど、結界都市も一枚岩ではないらしい。

初めてベルが戦った時、あまりにも速い剣を目で追うことはできなかった。

分かったのは、彼女が誰よりも強いということ。

その日からベルに対する印象が変わった。

そして、ベルとよく話すようになっていた。

その中でサイラスの話は何度か出ていた。

とても尊敬できる人で人類最強の対魔師だと。

ベルは人類最強の剣士と言われているけれど、サイラスは格が違うと本人も言っていた。

私もサイラスと交流するようになった。

戦いだけではなく、人格者として人類を導いてくれる。

そんな存在だと私は思った。

「サイラス……」

私は一人、聖域に繋《つな》がっているフロアで待機していた。

ユリアさんたちが任務に行ってから、急に結界都市内に魔物《まもの》が出現。

以前のこともあって対処は進んでいるらしいけど、問題なのは王城にも魔物が巣食っているということだった。

すでに、私以外の王族は逃《に》げている。

ではなぜ私がここに残っているのか。

サイラスは聖域を開けるために、私を探している。

わざわざここに残る意味はない。

私がここに残っている本当の意味は、サイラスを殺すことだった。

他の対魔師にはさせない。
この罪は私が背負う。
サイラスの裏切りに気が付かなかった、私の責任でもある。
人を殺したことはない。
魔物だって倒したことはない。
でも、この罪は誰かが背負わないといけない。
ならば、私がその役目になろう。
それこそが聖女として生を受けた私の意味なのだから。
コツコツとゆっくりと音がする。
徐々《じょじょ》に近づいてくるその足音は、幾度となく聞いたものだった。
「リアーヌ様。ここにいたのですね」
「サイラス……」
向かい合う。
震《ふる》えを抑《おさ》えながら、私はサイラスと対峙《たいじ》する。
自分のこの手に人類の命運がかかっているのだから。

◇

「リアーヌ王女。あなたはもっと賢《かしこ》いお方だと思っていましたが？」

「サイラス。やはり、あなたでしたか」

向かい合っている二人。

「ええ。あなたに気が付かれてしまうのは、時間の問題だと思っていました」

「どうして……どうしてあなたが？」

「そんなことはどうでもいいでしょう」

「人類のために戦う英雄《えいゆう》。それがあなただったはずです……！」

リアーヌは最後の最後まで信じたかった。

サイラスが裏切り者ではないと。

たとえ明確な答えが目の前にあったとしても、問わずにはいられなかった。

「あなたと出会った時にはもう、計画は実行していた。あなたが見ていた私は全て幻想《げんそう》ですよ」

「……目的は何なのですか?」

全てを飲《の》み込み、リアーヌは何とか言葉を絞《しぼ》り出した。

「選別ですよ」

「選別?」

「あなたもよく知っていることですよ。保守派と革新派。それに貴族たちの動向。黄昏をどうにかするということではなく、自分達《たち》の地位に固執《こしつ》している醜《みにく》い豚《ぶた》どもが今の人類の上に存在していることを、あなたも知っているはずだ」

「それは……」

一概《いちがい》に否定はできなかった。

リアーヌもまた現在の結界都市の体制には問題があると分かっているからだ。

「でもだからと言って! 切り捨てるのですか!?」

「そうです。必要ないものは切り捨てる。道理でしょう?」

「同じ人間同士。助け合っていくべきです。人は変わることができる」

「理想論は聞き飽《あ》きました。必要なのは確かな現実と変革。もうすでに、話は平行線。これは勝者の理論は正しくなるという戦いだ」

「……サイラス」

悔《くや》しそうに声を漏らすリアーヌ。

言葉で説得できるかもしれないという淡《あわ》い期待はここでなくなった。

サイラスにはもう言葉は届かない。

サイラスを殺すか、それともサイラスに支配されるか。

もうその段階まで来てしまっていた。

リアーヌは覚悟《かくご》を持った瞳《ひとみ》でサイラスのことを見つめる。

「目的は聖域ですね」

「話が早いようで助かります」

聖域に入るためには王族の血が必要となる。

聖域とは結界都市の結界を全て管理している特殊《とくしゅ》な領域のことである。

第一結界都市の王城に存在するそれは、不可侵《ふかしん》領域とされている。

その中でも、魔法に対する適性の高いリアーヌの血は聖域の鍵《かぎ》を開けることに適していると、サイラスは知っていた。

他の王族でも構わないが、リアーヌの血は聖女としての特性があり、聖域に干渉《かんしょう》する力が他の王族よりも高い。

そのため聖域の管理に関してはリアーヌに一任されていた。

だからこそ、リアーヌをどこかで確保しようと思っていたが、まさかあちらからやって来るとは思わなかったのでサイラスは彼女に失望していた。

サイラスの知っているリアーヌはもっと利口な人間だから。

ただし、それはリアーヌも分かっているはず。

もしかすれば策があるのかもしれないとサイラスは考える。

「探す手間が省けましたが、何も策がないわけではないのでしょう?」

「あなたはここで、私が倒《たお》します」

「ほう。なるほど。確かにそれは合理的ですね。ただし——完遂《かんすい》できれば、の話ですが」

サイラスはリアーヌが自分と戦う未来に関しては考えていなかった。

王族とはいえ、一人の少女。

かたや、英雄とまで呼ばれている百戦錬磨《ひゃくせんれんま》の対魔師。

勝敗は明らか。

だが、サイラスはここで油断するような男ではない。

何か自分を倒す策があるからこそ、リアーヌ王女は姿を現した。

脳内で切り札のようなものがあるかもしれないと、サイラスは思考していた。

「いいえ。ここに来た時点でもうあなたは終わっています」

リアーヌがそう言うと、彼女は魔法を発動した。

この空間全体に魔法陣《まほうじん》が展開され、光の鎖《くさり》がサイラスを拘束《こうそく》していく。

「これは……」

「古代魔法の一つです。王族に伝えられし魔法ですが、あなたを倒すために使いました」

「なるほど。やはり、王族も一枚岩ではないということですか」

「そんな軽口を叩《たた》いている暇があるのですか？」

リアーヌ王女の後方からは巨大《きょだい》な光の槍《やり》が出現していた。

「光煌神槍《セレスティアルランス》。全ての存在を無に返す、唯一無二《ゆいいつむに》の槍。あなたはもう、ここで終わりです。さようなら、サイラス」

そして、気がつけばサイラスは巨大な光の槍に貫かれていた。

王族のみが使用できる古代魔法。

確かに、サイラスにはない情報だった。

本来ならばサイラスはここで絶命するはずだった。

リアーヌもサイラスを殺すという覚悟を持って、この槍を放った。

しかし——

「なるほど。王族のみが使用できる古代魔法ですか」

サイラスは右腕《みぎうで》でその槍を掴《つか》むと、一気にそれを抜《ぬ》いた。

心臓を貫いているというのに、彼《かれ》は依然変わりなく動いていた。

「ど、どうして……？」

動揺《どうよう》しているリアーヌ。

先ほどの鎖は相手の魔力《まりょく》を完全に停止させるもの。

この部屋に入って来た時点で勝敗は決している。

リアーヌはそう確信していたのだ。

だが、サイラスの切り札はリアーヌのそれを上回っていた。

「黄昏症候群《トワイライトシンドローム》。この病に完全に適応した人類はどうなるのか、ご存じですか？」

「まさか……克服《こくふく》したというのですか？」

「ええ。つい最近の話ですがね。黄昏症候群《トワイライトシンドローム》は人類をさらなる先に進めてくれるものだ。こんな傷もすぐに癒《い》える」

気がつけばポッカリと空いていた穴は塞《ふさ》がっていた。

さらには流れている大量の血液も止まっている。

「魔族《まぞく》になったのですか？」

「魔族？　違いますよ。私は新しい人類になったのです。まぁ、もう話はいいでしょう。

次起きる時は新しい世界です。あなたには礎《いしずえ》になってもらいます。生きたまま聖域を管理する機械として」

「サイラス——!!」

部屋にあるナイフを持って突撃《とつげき》するリアーヌだが、サイラスの魔法によって意識を失ってしまう。

「あ……う……」

「素晴《すば》らしい勇気でした。安心してください。あなたは次の世界につれていきますので」

「サ……イラス……」

意識がなくなっていく中、リアーヌは二人の存在を思《おも》い浮《う》かべていた。

（ベル……ユリアさん。あなたたちならきっと……）

信じている二人。

ベルとユリアに全てを託《たく》してリアーヌはそこで意識を絶った。

ばたりと倒れるリアーヌを抱《かか》えてサイラスはこの部屋を後にする。

あとは聖域にたどり着いて、リアーヌ王女の魔力を使って聖域をこじ開ければ全てが終了《りょう》する。

「これで、新世界の扉《とびら》が開かれる」

第三章　微睡《まどろみ》の果てに

僕《ぼく》は人々を守ることができる対魔師になりたかった。

今までも、そしてこれからも。

幼い頃《ころ》から夢みてきた姿。

僕は昔は、ただ臆病《おくびょう》なだけだった。

けれど、なぜか対魔師になりたいという意志だけは強く持っていた。

学院に入ってダンたちと出会い、黄昏《たそがれ》に追放された。

生きるという強い意志だけ持って、僕は何とかこの結界都市に戻ってくることができた。

それからSランク対魔師に抜擢《ばってき》されて、僕はさまざまな経験をした。

強敵を倒し、仲間の死を経験し、そして……裏切りも経験した。

僕らは黄昏という世界を打ち破るだけでいい。

それだけが目的だと思っていた。

でも、人間が生きている世界は僕が思っている以上に複雑な世界だと知った。

サイラスさんの言葉を完全に理解できないわけではない。

確かに、人類の全てが優《やさ》しさで満ちているわけではない。

だからと言って、リセットするために大勢の人間を切り捨てるのは僕は違うと思う。

サイラスさんと決着をつけないといけない。

そのために僕は、シェリーと一緒に次の七魔《しちま》征皇《せいこう》を倒す。

「戦う前に、言っておきましょう。私の目的はユリア＝カーティスのみ。そちらの女は必要ありません。今であれば、見逃《みのが》してあげますが」

「……私はもう逃げない。戦うわ」

「そうですか。やはり、人間とは非常に御《ぎょ》し難《がた》いものだ」

瞬間。

シェリーの眼前に青い炎《ほのお》が灯《とも》る。

「……っ！」

シェリーは何とかバックステップを取って、その攻撃《こうげき》を躱《かわ》す。

僕はそこで前に出ることでシェリーのカバーをする。

「理解できませんね。あなたの実力があれば、その女がいない方が強いでしょうに」

「そんなことはない」

僕は黄昏眼《トワイライトサイト》と黄昏刀剣《トワイライトブレード》を展開して臨戦態勢を取る。

「仲間がいるからこそ、守るものがあるからこそ、僕らは戦うことができるんだ」

「……ふぅ。まぁ、理解できませんがいいでしょう。ここから先はこっちで語ることにしましょう」

相対する七魔征皇イフリート。

後のことを考えるのならば、ここは力を残しておきたい。

しかし、そんなことは言っていられない相手である。

僕らのこの手には人類の命運がかかっているのだから。

「シェリー！」

「ええ！」

そうして僕らは、イフリートへと立ち向かっていく。

◇

ユリアとの出会いは私にとって転機だったと思う。
「シェリー＝エイミスよ」
黄昏で二年も彷徨《さまよ》っていた同い年の少年。
俄《にわか》には信じられなかった。
だって、黄昏の光は人体には有害で二年間も生きていけるわけがない。
きっと嘘《うそ》を言っているに違いない。
そして流れで彼と決闘《けっとう》をすることになったけど、私は完敗だった。
それなりに実力はある方だと思っていた。
対魔師として順調に進んでいる。
だから、こんな変なやつに負けるわけがない。
そう思い込んでいた私は、世界の広さを知ることになった。
圧倒的《あっとうてき》な強さ。
自分では決して届くことのない領域。
自分は井《い》の中《なか》の蛙《かわず》であることを、突きつけられたのだ。
初めは心が折れていた。
でも、ユリアと接していくうちに私は彼の後を追いかけていきたいと思うようになっていた。

それから私は今まで以上にトレーニングをするようになった。

ベルさんにも弟子《でし》入りをして、さまざまな剣技を教えてもらった。

「先生。どうしたら、強くなれますか？」

きっと先生なら何か近道を知っているに違いない。

そう思っての発言は、簡単に見透《みす》かされていた。

「シェリーちゃん」

「はい」

「強くなることに、近道なんてないよ」

「そう……なんですか？　何か秘訣《ひけつ》とか」

「必要なのは地道な毎日を繰《く》り返すこと」

「地道な？」

「うん。それによって、気がつけば遠いところまで辿り着くことができる。毎日の積み重ねこそ、私たちに必要なものだよ」

「そう、ですか」

その時はいまいちピンと来ていなかった。

けれど私は先生のことは信頼《しんらい》していた。
その言葉を信じて、私は鍛錬《たんれん》を続けた。
毎日、毎日、雨の日も風の日も、どんな日であっても鍛錬を欠かすことはなかった。
地道な積み重ねが遠いところまで私を連れて行ってくれる。
ユリアが任務に行っている時は、少しだけ焦《あせ》っている自分もいた。
でも、落ち着くことも大切だと先生は教えてくれた。
だから私は、ここまでやってくることができたんだと思う。
七魔征皇の一人をユリアと一緒に倒して、今は新しい七魔征皇と対峙している。
否応《いやおう》なく分かってしまう。
この相手は強い。
さっき戦った七魔征皇とは比較《ひかく》にならないほど。
纏《まと》っている炎はかなりの温度だ。
一瞬でも油断してしまえば、人の体など焼け落ちてしまう。
自分の体を魔力で覆《おお》って、なんとか対抗できる。
そして私たちは戦闘《せんとう》を始める。
今度こそ、ユリアの隣で一緒に進んでいくために。

「まずは雑魚から処理しましょうか」
眼前。
相手が攻撃するのは、ユリアではなく私だった。
その言葉から察するに、相手はユリアとの戦いにこだわっている。
でも、わざわざ相手の思っている通りにさせる必要はない。
炎を纏っている拳《こぶし》を私は剣《けん》で受け止めた。
幾度となく繰り返してきた所作。
毎日剣を振《ふ》ることの大切さ。
それを先生に教えてもらった。
まるで自分の手足のように扱《あつか》う。
そうなって初めてスタートラインに立てると先生は言っていた。
私もやっと、その立ち位置に行けた気がする。
熱い。
連続で攻撃を受け止め続ける。
剣にももちろん、魔力を覆わせている。
自分の魔力を最大限に使って、相手の攻撃を受け止める。

「ハァ――‼」

一気に空気を吐き出すと、相手の首元を狙《ねら》って剣を振った。

流石《さすが》にイフリートも私が反撃《はんげき》するのを予想していなかったのか、驚《おどろ》いた顔をして後方へと下がっていった。

「ふむ……なるほど。ここに来るだけのことはあるということですか」

相手は私に対する認識《にんしき》を改める。

私一人では届かない相手かもしれないけど、ユリアの足手まといにはならない。

むしろ、ユリアが自由に戦えるように私は徹《てつ》するべきだ。

ここまで辿り着いてやっと、私はユリアの見ている世界を知ることができた。

彼はずっとこんな場所で一人で戦ってきたのだ。

孤独《こどく》にただひたすらに、黄昏を打ち破るために。

だからユリアを一人にさせないためにも、私は戦う。

この身がたとえ朽《く》ち果てるとしても――。

◇

「シェリー。いける？」

「ええ。問題ないわ」

イフリートは僕に固執している。

そんな思い込《こ》みから、シェリーに対する攻撃をすぐにカバーすることはできなかった。

しかし、シェリーはあろうことか相手に反撃をした。

それによってイフリートもシェリーのことを無視できなくなった。

これは僕たちにとって非常に有利なことだった。

「シェリー。ここから先は死闘《しとう》になる」

「うん。私はユリアを信じる。だから、ユリアも信じてくれる？」

「もちろん」

シェリーを信じているなんて、当然のことだった。

僕が黄昏から帰ってきて、最初に友達になった存在。

そんな彼女《かのじょ》のことを僕はとても大切に思っていた。

シェリーがいなければ、僕はここまで進んでくることはできなかったと思うから。

そして僕らは、二人で並んでイフリートへと突撃していく。

ここから先は小手先の策など必要ない。

二人で戦うことのメリットを最大に活《い》かして、近接戦闘で最大火力で押《お》していく。

シェリーと交互《こうご》に攻撃を繰り出していく。

イフリートは炎の壁《かべ》でガードをし、僕らに攻撃を仕掛《しか》けてくるが、それも全て避《よ》けて攻撃を続ける。

体が焼けるように熱い。

相手は何もしていなくても、この纏っている炎だけでかなりの脅威《きょうい》になる。

僕とシェリーはなんとか魔力で体を覆いつつ、対処していく。

「――水冷射撃《アクアジェット》」

シェリーは魔法《まほう》を発動した。

選択《せんたく》したのは水冷射撃《アクアジェット》。

僕とは違《ちが》って、シェリーは多種多様な魔法を使うことができる。

僕は黄昏の力を使った魔法しか使えないけれど、彼女のこの攻撃は非常に有効的なものだった。

イフリートの炎の壁に水冷射撃《アクアジェット》が当たると、それは一気に蒸発していく。

全くダメージになっていないが、そんなことは百も承知。

狙っているのはスモーク効果である。

水が高熱によって蒸発して、水蒸気へと変化する。

その際、僕らの眼前には霧《きり》が発生する。

「シェリー！」

「ええ！」

二人でタイミングを合わせて、イフリートへと攻撃を仕掛ける。

「厄介《やっかい》な……！」

声を漏《も》らしながらも、僕らの攻撃を炎の壁で遮《さえぎ》ってくる。

しかし、僕の攻撃には反応しきれなかったのか、相手の右腕を黄昏刀剣《トワイライトブレード》で切り裂《さ》くことに成功した。

鮮血《せんけつ》が舞《ま》う。

さらに追撃《ついげき》をしようとするが、先ほどよりも熱気のある炎の壁が出現。

イフリートは後方へと下がって行った。

僕らもまた深追いはせずに、相手の一挙手一投足を見逃さないようにする。

「なるほど……連携《れんけい》も悪くはない。女の方も魔法と剣技のバランスがいい。加えて、そこにユリア＝カーティスの速度。厄介ですが、ここから先はこちらもそれなりに本気でいかせてもらいましょう」

イフリートの背後に真っ青な円環《えんかん》が出現すると、全身が青い炎で覆われていく。

知っている。

相手の切り札とも呼べるそれは、かなりの脅威であることを。

先ほどのように、簡単に魔力だけで防ぐことはできない。

厳密に言えば、僕とシェリーが全力で魔力を解放すれば、ガードはできると思う。

ただし、その場合は攻撃へのリソースがかなり減ってしまう。

ガードと攻撃のバランス。

それを誤ってしまえば、死が待っている。

攻《せ》め過ぎてしまえば、青炎に焼かれる。

守り過ぎてしまえば、攻撃が通らない。

まさにギリギリの瀬戸際《せとぎわ》に僕らは立たされてしまった。

「ふ、ふふ」

「シェリー？」

隣《となり》に立っているシェリーはなぜか笑《え》みを浮かべていた。

「分かっているわよ、ユリア。魔力の操作を誤れば、死んでしまうって」

「そうだね」

「でも、だからこそ私は自分の限界をここで試《ため》す。この戦いで限界を超《こ》えないと、勝つことはできない。そうでしょう?」

「あぁ。そうだね」

シェリーも分かっている。

ならば一緒《いっしょ》に戦うだけだ。

『はあああああああ‼』

僕とシェリーはタイミングを合わせて攻めていく。

もちろん、イフリートは青炎で僕らに対抗してくる。

真っ青な炎の波が迫《せま》るが、それを切り裂いて僕らは果敢《かかん》に突《つ》っ込んでいく。

そこから先、この戦いは熾烈《しれつ》を極《きわ》めた。

交わる剣と拳。

青炎による攻撃は、僕とシェリーであっても中々致命傷《ちめいしょう》を負わせることができなかった。

僕としては完全に百パーセントの全力を出せば、あの青炎を突破《とっぱ》することができると思うが、やはり後のことを考えてしまう。

サイラスさんとの戦い。

それが控《ひか》えているのに、ここで倒れてしまっていいのか。

戦闘において出し惜《お》しみをするのはあり得ないが、今回の状況《じょうきょう》ではそうも言っていられない。

完全に膠着《こうちゃく》状態となり、僕らは一旦距離《いったんきょり》を取った。

「はぁ……はぁ……」

気がつけば、シェリーは大量の汗《あせ》を流していた。

僕もそれなりに汗を流しているが、シェリーの発汗《はっかん》の量は尋常《じんじょう》ではない。

どうするべきか。

シェリーのためにも、僕が全力で相対すべきか。

後のことを考えていてはダメなところまで来てしまっている。

と、僕がそう考えていると、シェリーが横に手を伸《の》ばす。

前に進もうとする僕を静止させる動作。

「シェリー……」

「ユリア。ダメだよ。あなたは……まだ、戦わないといけない」

肩《かた》で呼吸をして、全身は焦《こ》げ跡《あと》だらけ。

シェリーの長くて綺麗《きれい》な金色の髪《かみ》も、部分的に焼け落ちてしまっている。

完全に満身創痍《まんしんそうい》。

そんなシェリーを見て、もう戦わなくていいと。

ここから先は僕が戦うと。

そう優しい言葉を伝えたい。

けれどそれは、シェリーの覚悟を踏《ふ》み躙《にじ》る行為《こうい》だと分かってしまう。

「はぁ……はぁ……私が、隙《すき》を作る。全力で……自分のことは分かっているの。ここから先の戦いは、私はついていけない。だから私がユリアの代わりに、全力で戦う」

ギリギリのところで踏みとどまっているシェリーを信じるべきかどうか。

本来ならば、休ませるべきだが……今は人類の命運がかかっている。

そうだ。

シェリーのことを信じると決めたんだ。

ならば、その覚悟を僕は受け入れる。

「分かった。シェリー、任せたよ」

「はぁ……はぁ……ええ。任せて」

無理やり笑って笑顔《えがお》を作るシェリー。

イフリートの方も致命傷は負っていないが、疲労《ひろう》しているのは間違《まちが》いない。
ここから先の戦闘で全てが決まる。
互《たが》いに勝負どころは理解していた。
そして、その鍵はシェリーが握《にぎ》っている。
ついに最終戦が始まることになった。

「はぁ……はぁ……」
熱い。
体全身が焼けているような感覚。
発汗も尋常じゃないし、全身の感覚もほとんどなくなっているような気がする。
私はもう気合だけで立っている。
長く伸ばした綺麗な髪も、焼け落ちている部分がある。
あーあ。
この戦いが終われば、ちょっと短くしないといけないな。
うん。

だから私は、死ぬつもりなんてない。
全力を出してこのイフリートの隙を作る。
死ぬ気で戦うけれど、死ぬ気は毛頭ない。
だって私は、これから先もユリアと一緒に戦っていくんだから。
「スゥ――ハァ――」
呼吸を整える。
精神を研《と》ぎ澄《す》ませる。
ここから先の戦いは自分との戦いでもある。
自分に負けてしまえば、そこで私は死んでしまう。
あの青炎に焼かれてしまうことを許容するわけにはいかない。
ユリアのために隙を作るとシンプルに考える。
なぜだろうか。
誰《だれ》かのために戦うということで、とても力が湧《わ》いてくるような気がした。
「よし――いこう」
覚悟を決めた私は、剣を構えてイフリートへと向かっていく。
「いいでしょう。ここで決着をつけましょうか」

溢《あふ》れ出る青炎。

魔力をギリギリのラインで保つ。

これ以上防御《ぼうぎょ》を薄《うす》くしてしまえば、死んでしまうかもしれない。

そんな状況の中、私は一人で立ち向かう。

私が隙を作る。

後方で控えているユリアに任せれば、絶対に勝てる。

そんな思いから私は何度も剣を振るう。

何度も、何度も、何度も。

相手に余裕《よゆう》を与《あた》えない。

私は先生との修行《しゅぎょう》の日々を思い出す。

剣と共に生きる。

その覚悟を持って、毎日剣を振るだけだと。

先生に教わったオーソドックスな剣。

まだ先生のような特別な秘剣《ひけん》は使えないけれど、今の私にはこれで十分だった。

自分に切り札があると思うより、自分にはこの純粋《じゅんすい》な剣技しかないと思う方が、戦いやすかったから。

「くっ……!?　ここまでとはっ！」
気がつけば、私はイフリートを押していた。
もうここまで来れば無我夢中《むがむちゅう》だった。
ここで、私が絶対に隙を作る。
そんな思いから戦っているが、それが逆に良かったのかもしれない。
無駄《むだ》な力が抜けて、私は人生の中でも最高の剣を振るえていた。
まさに死闘と飛ぶべき戦い。
もう熱いという感覚もない。
どうやって呼吸をしているのかも分からない。
私の今の全ての感覚は、剣にのみ集中している。
「はあああああああ!!」
全力で戦う。
今の私にできることは、それしかなかったから。
そして、ほんの一瞬《いっしゅん》。
それはまさに奇跡《きせき》とも呼ぶべき剣の軌跡《きせき》。
私の放った袈裟《けさ》斬《ぎ》りは、イフリートを直撃《ちょくげき》したのだ。

舞う鮮血。

相手が苦痛に顔を歪《ゆが》めたのを、私は見た。

「この――」

イフリートが手を伸ばしてくる。

放たれる青炎が、微《かす》かに見えた。

これを防御する手段を、私は持ち得ていない。

瞬間《しゅんかん》。

体が崩《くず》れ落ちていく。

もうとっくに限界が来ていたみたいだ。

あーあ。

ここまでか。

死ぬつもりなんてなかったけど、私は死ぬみたいだ。

やりたいこと、たくさんあったんだけどなぁ。

しかし、いつまで経《た》っても私に死は訪《おとず》れなかった。

気がつけば目の前に巨大な盾《たて》が展開されていて、それが青炎を防いでいてくれたからだ。

「うおおおおおおおおお!!」

後方からユリアの声が聞こえてくる。
両手には巨大な黄昏の大剣《たいけん》を持って。
ほら。
やっぱりそうだ。
ユリアは私のヒーローなんだから。
そして――
「ぐ、グアアアアアアアア……ッ⁉」
イフリートの肩から一気に切り裂いていった。
あまりにも一瞬の出来事だった。
ユリアの剣はやっぱりすごい。
でもね。
私もきっと追いつくよ。
今はまだ難しいかもしれないけど、私はこれからも進んでいく。
この剣と共に。
そして、この淡《あわ》い恋心《こいごころ》と共に――。

「はぁ……はぁ……はぁ……」

目の前でイフリートが倒《たお》れ込んでいる。

完全に致命傷。

以前戦った時よりも深い傷を負わせることができた。

シェリーを何度も助けたいと思ったことか。

懸命《けんめい》に前線で戦っているその姿はとても大きく見えた。

そして、シェリーの剣がイフリートを切り裂いた瞬間、僕は黄昏盾《トワイライトシールド》と黄昏大剣《トワイライトバスタード》を展開した。

あと僕は自分の持てる最大の火力でイフリートを切り裂くだけで良かった。

以前よりも消耗《しょうもう》していないし、今後も闘《たたか》うことができる。

これは本当にシェリーのおかげだった。

前で一人で戦ってくれていたからこそ、僕はここまで余力を残すことができた。

「消えたか」

イフリートの体はまるで空に還《かえ》っていくかのように、粒子《りゅうし》になって消えていった。

七魔征皇を二人も討伐《とうばつ》できた。

これは本当に大きなことである。

「ユリ……ア……」

「シェリー！」

すぐにシェリーに近寄っていく。

全体的にかなり負傷しているが、意識ははっきりとしている。

火傷《やけど》の跡が目立っているが、この程度ならば治癒魔法《ちゆまほう》でどうにかなるだろう。

ただし、僕は治癒魔法を使うことはできない。

すぐにシェリーを治療《ちりょう》しないといけない、と思っていると背後から聞き慣れた声が聞こえてきた。

「ユリアくん！　シェリーちゃん！」

ベルさんだった。

後から追いかけてきて、追いついたのだろう。

すぐに僕らの方に近寄ってくると、ベルさんはシェリーに治療を施《ほどこ》す。

「先生……」

「大丈夫《だいじょうぶ》だよ、シェリーちゃん」

「はい……」

「シェリー。本当にありがとう。勝つことができたのは、シェリーのおかげだよ」

「ふふ。そうかな？　そうだったら、嬉《うれ》しいなぁ」

「だから今は休んでいい。ありがとう、シェリー」

「うん。ユリア、先生。おやすみなさい」

そう言ってからシェリーは眠《ねむ》ってしまった。

「ユリアくん。少しずつだけど、王城にも外から対魔師《たいまし》が入ってきている。シェリーちゃんも大丈夫なはずだよ」

「そうですか……良かったです」

「七魔征皇を殺したの？」

「はい。シェリーが前線で戦ってくれたおかげで、余力は残っています」

「そう……本当に頑張《がんば》ったんだね」

そっとベルさんがシェリーの頬《ほお》に触《ふ》れる。

シェリーがいなければ、僕はもっと負傷していた。

ここから先の戦いも参加できているか分からなかった。

しかし、僕と進むことができるし、ベルさんもいる。

しばらくして、数名の対魔師たちがやって来た。

僕とベルさんはシェリーを預けて、先に進むことにした。

「ユリアくん。何か変わったことはあった？」

「ベルさんが知っている情報とあまり変わりはないと思います。ただ、リアーヌ王女がどうなっているのか。そこまでは分かりません」

「……おそらくリアーヌ様は、サイラスと戦っていると思う」

「サイラスさんと？　それは流石に――」

流石に無理ではないか、と思ったが言葉にはしなかった。

「王族には特別な魔法があるの」

「特別な魔法？」

「うん。古代魔法の一種だけど、かなり強力なものだよ」

「では、もしかしたらサイラスさんを倒している可能性も？」

あるのかもしれない。

その可能性を考慮《こうりょ》してみたが、ベルさんの顔は曇《くも》ったままだった。

「……終わっているのなら、魔物《まもの》の状況も変わっているはず。時間的にもおそらくは、サイラスに捕《つか》まっている方が可能性が高いかもしれない」

「そう、ですか」

リアーヌ王女が捕まっている。

それは考《かんが》え得《う》る中で、最悪の状況だった。

「聖域を開く扉《とびら》は、王族の血と魔力《まりょく》が必要になってくる」

「なるほど」

「リアーヌ様が自分の意志で聖域を開くなら、時間はかからないけど……サイラスがリアーヌ様から力を引き出して聖域を開くなら、まだ時間はある」

「つまりは、サイラスさんが聖域を開くかどうかがリミットだと」

「うん。そうなるね。まだ時間は残っているはず」

ベルさんの言葉で少しだけ希望が持てた。

まだ時間は残っている。

リアーヌ王女は捕まっているかもしれないが、それでもまだ絶望するには早い。

「ユリアくん。急ごう」

「はい！」

そして僕《ぼく》らはさらに階段を上がっていく。

「何もない……？」

今まで階を上がっていくたびに、強敵が待っていた。

強力な魔物に七魔征皇。

今回も戦いになると思っていたのだが、何もなかった。

「おかしいね」

「はい。今までは強力な敵が待っていたんですが」

「何か仕掛けてくるかもしれない。気をつけて」

「分かりました」

ベルさんと臨戦態勢を維持《いじ》しつつ、このフロアをじっくりと捜索《そうさく》する。

あと二つほどフロアを上がっていけば、最上階にたどり着く。

そうすれば聖域にたどり着くことができる。

待っているのはおそらくは――サイラスさん。

僕とベルさんで戦っても果たして勝てるかどうか。

それほどまでに彼《かれ》は強いと僕は思っている。

「霧？」

「魔法の類かもしれない。油断しないように」

「はい」

包まれていく霧の中。

そして、気がつけば自分の意識も徐々《じょじょ》に朦朧《もうろう》としてきた。

いや、朦朧というよりはどこか別の場所に意識がつれていかれているような。

自分の意識が明瞭《めいりょう》ではない。

「ベルさん、ベルさん！」

気がつけば隣にいたベルさんも見えなくなっていた。

「う……このままだと――」

そうして僕は、謎《なぞ》の霧に包まれたまま意識を絶《た》つのだった。

◇

「ん……眩《まぶ》しい」

目が覚めた。

今日もまた黄昏《たそがれ》の光が世界を照らしている。

何か大切なことを忘れているような気がしているが、きっと気のせいかもしれない。

「準備しないと」

学院に向かう準備をする。

Sランク対魔師になってから任務が続いているが、それでも一応は学生なので学院に行けるる日は行くことにしている。

「やっほ～。ユリア、おはよう」

教室内に入ると、ソフィアがいた。

「おはよう。ソフィア」

「うん。今日は任務はないの？」

「そうだね。今日はないよ」

「そっか！　じゃあ今日は一緒にお昼食べよ？」

「いいよ」

「やったー！」

ソフィアと過ごす日々が僕にとって大切なものになっている。

彼女が待っているからこそ、僕は黄昏の世界で戦うことができている。

できているはず……だというのに、僕は何か妙《みょう》な違和感《いわかん》を覚えていた。

「ん？　ユリア。どうかしたの？」

上目遣《うわめづか》いで僕の顔を窺《うかが》うように、ソフィアは見つめてくる。

「いや、なんでもないよ」

自分の違和感を無視して、僕は今日も日常を続ける。

「ユリア！　屋上に行こう！」

「いいよ」

二人で屋上へと向かう。

外には依然《いぜん》として黄昏の空が広がっていた。

有害な光は結界都市の結界によって遮断《しゃだん》されているけれど、この光景だけはどうしようもない。

「今日は私がお弁当を作って来たんだよ？」

「そっか。ありがとう、ソフィア」

「う、うん……」

顔を朱色《しゅいろ》に染めつつ、俯《うつむ》くソフィア。

そうだ。

僕は結界都市に戻《もど》って来てから、ソフィアと出会って一緒に過ごす時間が多くなっていた。

でも、この場所にもう一人誰かいたような。

そんな気がしてならないのだ。

「ユリア。はい、あーん」

ソフィアが僕の口元に卵焼きを運んでくる。

「いや、自分で食べられるよ」

「いいから」

「それなら……」

ということで、ソフィアが運んでくる卵焼きを口にする。

微かに甘《あま》みがあって出汁《だし》も利《き》いている。

とても美味《おい》しい卵焼きだと純粋に思った。

「美味しい？」

「うん。美味しいよ」

「そっか！　ユリアは甘めが好きだったから、合わせてみたの」

「……そんな話、したっけ？」

「もう！　昨日したばかりでしょう？」

振《ふ》り返ってみる。

あぁ。そうだ。

確かに、ソフィアにはそんな話をしたような気がする。

気がするけれど……違和感は依然として拭《ぬぐ》えなかった。

「ん？　どうかしたの。なんか今日はぼーっとしてるけど」

「ううん。なんでもないよ」

ソフィアと二人で昼食を終えてから、午後の授業をこなす。

そして放課後になると、ソフィアが僕の方へと素早《すばや》く近寄ってきた。

「ユリア！　放課後、どこか行かない？」

「街にでも行くの？」

「うん！　今日は食べたいクレープがあって！」

「いいよ。行こうか」

「うん！」

こうして僕が予定のない日は、ソフィアが誘《さそ》ってくれる。

僕はいつも付いていくばかりだけど、それが心地《ここち》よかった。

「ふんふん～ん♪」

とても上機嫌《じょうきげん》に、ソフィアは歩みを進める。

彼女と歩みを合わせて僕らは街へと繰《く》り出していった。

「私はこれにしようかな」

「じゃあ、僕はこれで」

二人でクレープを選択して、近くの公園に座《すわ》る。

「ん～、甘くて美味しいね！」

「そうだね」

「ちょっと交換《こうかん》しない？」

「いいよ」

ソフィアが僕のクレープをパクリと頬張《ほおば》り、逆に僕はソフィアのクレープを貰《もら》った。

「うん！　こっちも美味しいね！」

「それなら良かったよ」

「ユリア……もしかして、疲《つか》れてる？」

「そんなことはないと思うけど」

Sランク対魔師としての活動は正直、かなり多忙《たぼう》だった。

こうしてソフィアと二人の時間を取ることもあまりないほどに。

「その……迷惑《めいわく》、だったかな？」

深刻そうな声でソフィアはそう言った。

明らかに落ち込《こ》んでいるようである。

「そんなことはないけど」

「ユリアが頑張っているのは知ってるよ。でもだから、少しでも私が癒《いや》してあげようというか、励《はげ》まそうというか。あはは、ごめんね？」

「謝《あやま》る必要はないよ。いつもありがとう」

いつも帰ってくる度《たび》にソフィアが待ってくれている。

いや、ソフィアだけではない。

僕には他にも待ってくれている人がいる。

そんな気がした。

「ユリア？」

「ソフィア。僕たち以外にも、いつも一緒だった人がいるよね？」

「え？　誰のこと？」

ソフィアの顔と声色《こわいろ》からして、本当に知らないようである。

嘘《うそ》を言っている様子もない。

「あ！　もしかして、私に隠《かく》れて別の人と会ってるとか？」

「そうじゃなくて……ソフィアともう一人いたような」

「ふ～ん。ユリアってば、そういうこと言うんだ」

ソフィアの機嫌《きげん》が途端《とたん》に悪くなる。

気のせいじゃない。

僕の直感がそう告げていた。

「ごめん。僕の気のせいだったよ。ちょっと疲れているのかもしれない」

ただ、今のソフィアに素直《すなお》に伝えることはなかった。

疲れている。

そうだ。

そうに違《ちが》いない。

「そっか。ユリア、いつも頑張っているもんね」

そっとソフィアが頭を僕の方に預けてくる。

とても近い距離《きょり》。

ソフィアから女性特有の甘い香りが、鼻腔《びこう》を抜《ぬ》けていく。

「ねえ、ユリア」

「うん」

「私ね。ユリアのことが――」

迫る唇《くちびる》。

ソフィアが何をしようとしているのか、僕は分かっていた。

いや、ソフィアは本当にこんなことをしてくるのか？

僕の記憶《きおく》が正しければ、そんなことはないような。

優《やさ》しさに変わりはないが、あまりにも状況が進みすぎているような。

何かが足りないような。

そんな気がしたと同時に、再び僕はそこで意識を絶った。


「……朝か」

目が覚める。

何か夢を見ていたような気がするけど、きっと気のせいだろう。

今日はリアーヌ王女と会う約束になっていた。

彼女《かのじょ》の夢はお菓子屋《かしや》さんになること。

その味見をする役として僕はリアーヌ王女に誘われていた。

準備をしてから王城へと向かう。

普通《ふつう》は王女様に謁見《えっけん》などできないが、王城の入り口で話をするとすぐに中に通してもらえた。

僕はリアーヌ王女の私室の扉をゆっくりとノックした。

「はい」

「ユリアです」

「あ、今開けますね！」

とても明るい声でリアーヌ王女は扉を開けてくれた。

「本日はわざわざ、ありがとうございます」

「えい。僕も楽しみにしていたので」

「ふふ。それはありがとうございます。では、室内にどうぞ」

「失礼します」

リアーヌ王女の私室にやってくるのは、もう何度目か分からない。

僕がＳランク対魔師として活動をしていく中で、実績を認められたのか、僕はリアーヌ王女専属の護衛となっていた。

こうして同じ時間を共にするのは、もはや当然のことになりつつあった。

ゆくゆくは僕も王城に住むことになるかもしれない。

リアーヌ王女はそう言っていた。

そう。

僕がリアーヌ王女の護衛。

それで間違いないはずなのに、ポッカリと何か抜け落ちているような。

そんな気がした。

「今日はクッキーを作りますね」

「クッキーですか。リアーヌ王女のクッキーはとても美味しいので、物凄《ものすご》く楽しみにしています」

「ふふ。そうですか」

そして、リアーヌ王女はさっそく作業に入る。

髪をアップにしてエプロンをして、いつもの所作をこなす。

「僕も手伝いましょうか？」

「それでしたら、ちょっと型抜《かたぬ》きでもしてみますか？」

「型抜きですか」

「これを使って、生地《きじ》をくり抜いていくんです」

ハートや星、その他動物の形をした型抜きがそこに置いてあった。

僕は星のものを手に取ると、生地をくり抜いていく。

「なるほど。意外と面白《おもしろ》いですね」

「でしょう？　こうしたちょっとした作業も面白いんですよ？　将来はユリアさんと一緒《いっしょ》にお店を構えられたらいいですね」

「僕も一緒に、ですか？」

「はい。だめですか？」

リアーヌ王女はチラッと僕の方に目線を送ってくる。

微かに彼女の頬は赤くなっていた。

「そうですね。僕はかまいませんよ。護衛として、側にいるのが当然なので」

「良かった！　私一人では不安だったので、ユリアさんが一緒ならとても頼《たの》もしいです！」

オーブンにクッキーを入れて焼いている中、僕とリアーヌ王女は自然と今後のことを話していた。

「リアーヌ王女は明日には第三結界都市で演説ですよね」

「はい。出張という形になりますね。ただ、私の役目としては当然のことです。その後は、貴族たちの集めるパーティーがあります」

「パーティーですか」

「もちろん、ユリアさんも一緒ですよ？」

「はい。もちろんです」

「その……私、色々と婚約《こんやく》の話が出ているのです」

「婚約ですか」

リアーヌ王女はボソリと呟《つぶや》く。

「パーティーの度に話が出ていまして」

「そうですか。いい人と巡《めぐ》り会《あ》えるといいですね」

「むぅ……ユリアさんは、何か思うところはないのですか？」

頬を膨《ふく》らませて、声色が少しだけ変わる。

よく分からないが、ちょっとだけ不機嫌《ふきげん》になっているのは間違いなかった。

「えーっと。すみません。リアーヌ王女が良い人と巡り会えるように祈《いの》るしか……」

「ふぅ。まぁ、良いでしょう。そこがユリアさんの良いところでもありますから」

クッキーが焼け、少しだけ冷ましてからそれらを皿に並べる。

僕らは向かい合うようにしてテーブルにつくと、早速《さっそく》食べることにした。

「では、いただきます」

「はい。召《め》し上がれ」

サクッと良い音が鳴る。

口の中には程《ほど》よい甘さが広がっていく。

うん。

やはり、リアーヌ王女の作るお菓子《かし》は格別だった。

「いつも通り、とても美味しいです」

「ふふ。そうですか。それは良かったです」

にこりと笑《え》みを浮《う》かべる。

二人でクッキーに手をつけ、気が付けば全てなくなっていた。

「とても美味しかったです。ありがとうございました」

「いえいえ♪　それでは、今日は街に行きましょうか」

「え？　いいのですか？」

「ユリアさんが一緒なら大丈夫です。それに、いつものように変装していきますから」

基本的に、リアーヌ王女を王城以外で一人にするべきではない、と僕は忠告されている。

外に出ることも極力控《ひか》えるように追われているのだが、まぁ僕が一緒ならいいか。

リアーヌ王女もずっと部屋にいてばかりだと、気疲《きづか》れしてしまうかもしれないし。

「では、着替《きが》えますので、少し待っていてください」

「分かりました」

リアーヌ王女が着替えるのを、僕は扉の外で待つ。

幾度《いくど》となく繰り返してきた会話。

僕は間違《まちが》いなく、リアーヌ王女の護衛である。

しかし、リアーヌ王女の隣《となり》にはいつも僕ではなく、他の人がいたような。

そんな気がしてならないのだ。

「お待たせしました」

帽子《ぼうし》を深く被《かぶ》って、髪《かみ》をまとめているリアーヌ王女。

いつもと雰囲気《ふんいき》が違って少しだけ胸が高鳴ってしまう。

「どうですか？　似合っていますか？」

くるりとその場で回るその姿は、とても可愛《かわい》らしいものだった。

「はい。よくお似合いです」

「ありがとうございます。それでは、行きましょうか」

「分かりました」

街に向かう理由は、お菓子の材料を揃《そろ》えるためだと言う。

王女がわざわざすることではないと思う。

しかし、自分の目で見ることが大切だとリアーヌ王女は雄弁《ゆうべん》に語る。

彼女のお菓子に対する情熱はとても熱いものだった。

「さて、次はケーキでも作りましょうか」

「ケーキですか」

「はい。今度はちょっと大きなものを作る予定です」

「はは。それだと太ってしまうかもしれませんね」

「う……もしかして、知ってるのですか？」

「え。何をですか？」

涙目《なみだめ》で何かを訴《うった》えるような目を向けてくる。

「実は……一キロほど太ってしまったのです」

「一キロですか。誤差ですよ」

「そんなことはありません！　私は食べるのも好きですが、実は我慢《がまん》しているのです
……」

とても悲しそうな声でそう口にするリアーヌ王女は、切実に悲しみを訴えていた。

「そうですか。心中お察しします」

「うぅ。だからユリアさんにたくさん食べてもらっているのです」

「え。僕は代わりですか？」

「ふふ。まぁ、そうかもしれませんね？」

ニヤッと笑うリアーヌ王女の表情は、珍《めずら》しいものだった。

買い物を済ませた僕たちは、王城へと戻って行く。

そして翌日、僕らは第三結界都市へと向かうことになった。

無事に演説を終えた後は、パーティーに臨んだ。

王族の中でも一番の美女。

そう呼ばれているリアーヌ王女は、とても人気だった。

僕は少しだけ離《はな》れた場所にいたが、常にたくさんの人に囲まれていた。

「ふぅ……少し疲れました」

パーティー会場の外でリアーヌ王女はため息を漏《も》らした。

僕たち以外誰《だれ》もいない空間。

月明かりに照らされながら、僕らは会話をする。

「お疲れ様《さま》です」

「これも王族の務めとはいえ、なかなかに過酷《かこく》なものです」

「大丈夫ですか？」

「はい。それにしても、ユリアさんも話しかけられていませんでしたか？」

「見ていたのですか」

「ええ。ちゃんと見ていましたよ？」

　ニコニコと笑っているが、その目だけは笑っていないような気がした。

　僕はリアーヌ王女との護衛として側にいたが、何人かの貴族の女性に話しかけられていた。

　今となってはＳランク対魔師の一人として知られていることもあり、ありがたいことに応援《おうえん》の言葉をもらっていたのだ。

「綺麗《きれい》な女性ばかりでしたね」

「そうですね」

「……ユリアさんは将来のことは考えていないのですか？」

「将来ですか？」

　僕の行く先は決まっている。

この黄昏の世界を打ち破ること。

それ以外に考えていることなどはない。

これはあまり口にはできないが、リアーヌ王女の護衛もその一環《いっかん》に過ぎない。

いつか僕は、護衛をやめてもっと黄昏に出るようになる。

その覚悟《かくご》はもうできていた。

「分かっています。ユリアさんが護衛としていてくれるのは、一時的なものだと」

「それは……」

否定はできなかった。

それは本当のことだったから。

「その……ずっと私の護衛でいてくれませんか？」

「え……？」

静寂《せいじゃく》が訪《おとず》れる。

ずっとリアーヌ王女の護衛でいる。

そんな未来は予想していなかった。

「私の側にいれば、安定した生活を送ることができます。危険な黄昏に出ることも、ほとんどありません」

「そんなことは——」

「みんな分かっています。この黄昏を打ち破ることなどできないと。それならば、私の側にいてください」

リアーヌ王女は僕のことを抱《だ》きしめてきた。

甘い香りと柔《やわ》らかい体が押《お》し付けられる。

僕はどうすればいいのか分からなかった。

いや、違う。

僕の知っているリアーヌ王女は、そんなことは言わない。

黄昏の世界を終わらせるために、努力しているのは知っているから。

「ねぇ——ユリアさん。私とずっと一緒に過ごしましょう。この体も好きにしていいから……」

誘惑《ゆうわく》。

わざとらしくリアーヌ王女は胸を押し付けてくる。

だが僕は、彼女を強く引き剥《は》がした。

「あなたは誰ですか？」

「え？」

「僕の知っているリアーヌ王女はそんなことは言わない」

「そんな……ユリアさん」

瞬間《しゅんかん》。

視界が暗転する。

最後に見たリアーヌ王女の顔は、なぜだか思い出すことはできなかった。


「ユリア！　ユリアってば！」

「ん……あぁ。先輩《せんぱい》ですか」

エイラ先輩に声をかけられて、僕は起床《きしょう》する。

僕たちは黄昏へと任務にやってきた。

現在は、互《たが》いに仮眠《かみん》をとっている最中。

そこでちょうど僕が起こされた形である。

「何か動きはありましたか？」

「特にないわね」

「そうですか」

「今日で終わりだし、帰ることになるわね」

「長かったですね」

七魔征皇の動きを調べる。

という任務を僕と先輩は課されていたが、特に大きな動きはなかった。

駐屯《ちゆうとん》基地を拠点《きよてん》としつつ、黄昏に赴《おもむ》く。

僕がＳランク対魔師《たいまし》になってから、先輩と任務をこなすことがほとんどだった。

今となっては完全にペアになっている。

Ｓランク対魔師は単独で任務をこなすこともあるが、僕と先輩は相性《あいしょう》がいいと言うことで何かと二人で同じ任務をすることが多い。

「さて、今日も頑張《がんば》りましょうか」

「はい」

無事に任務を終えた僕たちは結界都市へと帰ってきていた。

「ユリア。明日は暇《ひま》？」

「はい。特に予定もありませんが」

これから僕らは三日間の休暇《きゆうか》を与《あた》えられることになっている。

もちろん、僕に何か予定があるわけでもない。

「じゃあ、明日は特訓よ！」

「特訓ですか？」

「ええ。今度こそ、ベルに勝つのよ！」

「なるほど。野球ですか」

先輩はスポーツが好きである。

その中で野球が特に好きで、よくベルさんと対決しているらしい。

戦績は、ピッチャーのベルさんの方が上だとか。

バッターとして譲《ゆず》れない部分があるのか、先輩は時折僕を誘ってくる。

僕も暇をしているので、よく先輩に付き合っている……というのがこの流れである。

「じゃあ、明日。いつものところでよろしく！」

「分かりました」

そして翌日。

グランドに向かうと、エイラ先輩が軽装で素振《すぶ》りをしていた。

「あ！　来たわね！」

まだ朝も早い時間。

先輩は僕《ぼく》よりも早い時間に来ているようだった。

僕も十分前には来ているのだが。

「遅《おそ》いわよ！」

「えっと、まだ集合十分前ですけど」

「え？　そうなの？」

「はい」

「……まぁ、いいわ！　早速やりましょう！」

ということで先輩の特訓に付き合うことになる。

僕がピッチャーで先輩がバッター。

これで真剣《しんけん》勝負をするという形式である。

先輩のおかげで、僕は野球をそれなりにできるようになっていた。

まだ三振《さんしん》は取れないが、打ち取ることはできる。

数時間ほど対決をして、先輩は汗《あせ》を拭う。

「ふぅ。ユリアもいい球を投げるようになったわね！」

「そうですか？」

「ええ。ベルにはまだ遠いけど、いいトレーニングができているわ」

「それはよかったです」

微《かす》かに笑みを浮かべる。

先輩とは任務中もほとんど一緒だし、休日も何かと一緒に過ごす機会が多い。

僕はこんなささやかな時間がとても好きだった。

「えっと……その」

「？　どうかしましたか？」

「お腹空《なかす》いているわよね」

「まぁ、そうですね。もうお昼ですし」

何かと動くことが多いので、割と食欲はある方だった。

もちろん、黄昏での任務中は食べる暇もない時があるので、空腹には慣れているが休日は普通に三食取るようにしている。

「お、おおお……おぉ！」

「お？」

「お弁当を作ってきたの！　もちろん、食べるわよね⁉」

先輩は顔を真っ赤にして、バスケットを後ろから取り出した。

なるほど。

何か持ってきているとは思っていたけれど、まさか昼食を作ってきてくれていたとは。

先輩が取り出すのはサンドイッチの敷《し》き詰《つ》められたケースだった。

僕はそれを先輩から受け取る。

綺麗に並べられたそれは、とても美味しそうに見えた。

「いいんですか？」

「まぁ、その特別よ？　今はちょっと練習中だから」

「なるほど。でも、わざわざありがとうございます」

「じゃあ、その。食べなさいよ」

先輩は僕のことをじっと見つめている。

そしてパクリと一口。

卵とマヨネーズの入ったサンドイッチを口にした。

口の中に卵の甘さとマヨネーズの微かな酸味が広がっていく。

うん。

普通にとても美味しいと思った。

「美味しいですね」

「本当⁉」

「はい」

「よ、良かったぁ……」

と、先輩が開けた箱には歪《いびつ》なサンドイッチが並んでいた。

「先輩。もしかして、綺麗な方を僕に？」

「あ……これはその！　まぁ、ユリアは後輩《こうはい》だけどいつも良くしてくれているし？　これも先輩の務めなのよ！」

「なるほど。勉強になります」

わざわざ後輩の僕に綺麗なサンドイッチを譲ってくれる。

やはり、エイラ先輩はとても器の大きな人だった。

「ふぅ。よし、食べたことだし、午後の練習も行くわよ」

「はい」

僕らは午後もまた練習に励むのだった。

「ユリア。ちょっと私の家に来なさいよ」

「いいんですか？」

「ええ。練習している料理を振《ふ》る舞《ま》ってあげる。別に他意はないわよ？　ただその……客観的な意見が欲《ほ》しくて！」

「それでしたら、行かせていただきます」

僕はエイラ先輩の家に向かう。

先輩は学院の寮《りょう》ではなく、現在は街に家を借りている。

一人暮らしにしては大きめの家だが、Sランク対魔師ということもあって、それなりにお金を持っているので当然なのかもしれないが。

こうして家に入るのは初めてではないが、やはり多少は緊張《きんちょう》する。

「じゃあ、ユリアはリビングでゆっくりしていて」

「分かりました」

先輩はキッチンへと消えていく。

僕は一人で読書でもしながら待っていると、キッチンから大きな声が聞こえてきた。

「きゃっ！」

「大丈夫《だいじょうぶ》ですか？」

調理している場所を除くと、ボウルをひっくり返している先輩がいた。

「いてて……」

「怪我《けが》はないですか？」

「ええ。って、ユリアは来なくてもいいのに」

「心配なので。手伝いますよ」

「……じゃあ、ちょっとお願い」

作るメニューはビーフシチュだーった。

材料は揃っているが、先輩の包丁の使い方は見ていて少し怖《こわ》い。

ゆっくりと丁寧《ていねい》に切っているが、あのままだと指を切ってしまいそうである。

「先輩」

「ちょっと静かに……！」

「そのままだと指を切りますよ。こう、猫《ねこ》の手にするといいんですよ」

「猫の手？」

「はい。それで、包丁が指の上にいかないようにすればスムーズに切れます」

「なるほど！　って、ユリアは手慣れているわね」

「はは。まぁ、黄昏《たそがれ》にいた二年間で調理は一通り覚えましたから」

「あぁ。なるほどね」

黄昏での二年間。

僕はそこで生きるための術を覚えた。

それがこうして活《い》かせるのは、少しだけ嬉《うれ》しかった。

先輩の隣で調理を進めるが、やっぱり気になってしまう。

「う……うぅ」

「先輩」

「よし……よし」

「先輩」

「何⁉　集中してるの！」

「あの。そんなに顔を近づけると、逆に危ないですよ」

「へ？」

僕は先輩の背後に回って、そっと手を添《そ》える。

「こうやって、姿勢を正して」

「う、うん」

「真《ま》っ直《す》ぐ切るんです。あのままだと、怪我しますよ」

「分かったわ……」

「はい。頑張ってください」

気がつけば先輩は耳まで真っ赤にしていた。

まぁ、きっと集中し過ぎたのだろう。

「先輩。僕の方は終わりました」

「ありがとう。味付けは私が頑張るから！」

「はい」

そして、先輩は具材などを鍋《なべ》に入れて調味料を入れようとするが……。

「待ってください」

「え。今度は何よ」

少しだけ嫌《いや》そうな顔を見せる先輩だが、訊《き》きたいことがあった。

「それは？」

「ハチミツとバナナよ！」

「えっと……必要ですか？」

「隠し味《あじ》にダメ？」

「ダメです。普通に作りましょう」

「え～、だってそれだと面白くないでしょう？」

「料理にエンタメを求めないでください」

「ぶぅ……」

不満そうに頬《ほお》を膨らませる。

もしかして、昼に食べたサンドイッチは奇跡《きせき》の産物だった？

「分かったわ。普通に作るわ」

「そうしてください」

僕はやっぱりどうしても気になるので、先輩の隣にいた。

「よし……よし。ここね」

ぐるぐると鍋をかき混ぜて、時折味を見る。

「うん！　美味《おい》しいかも？」

「僕もいいですか？」

「えっと……うん」

先輩からスプーンを受け取ると、味を確認《かくにん》してみた。

「お！　普通に美味しいですね！」

「普通って何よ」

相変わらず、不服そうである。

しかし、変にアレンジなどはするべきではない。

思うのだが、どうしてそんな挑戦《ちょうせん》をしてしまうのだろう。

だが、先輩とのこのささやかな時間はやはりとても心地《ここち》よかった。

そう。

心地がよいと思うが、この虚無《きょむ》感はなんだろうか。

「ユリア？」

「あ、はい」

「どうしたの。ボーッとして」

「その……ははは。このビーフシチューが美味しくて」

「そうでしょう⁉　ふふん。まだ料理は不慣れだけど、私もやればできるんだから！」

小さな胸を張って先輩はそう言った。

「じゃあ、最後にご飯の用意を」

「え？　シチュー系はパンじゃないんですか？」

「は？　白いご飯に決まっているでしょう」

「いやいや。先輩、そんな冗談《じょうだん》はやめてくださいよ」

「冗談じゃないけど」

「……」

えーっと。

もしかして、先輩は本当にシチューにご飯派なのか？

派閥《はばつ》の存在は知っているが、身近にいるなんて。

正直、俄《にわか》には信じ難《がた》い。

「その。白いシチューにもご飯ですか？」

「ええ」

「……そう、ですか」

「ユリア！　あなたもご飯派になりなさい！」

「いやですよ！」

「何⁉　あなたはパンの信者なの⁉」

なぜかスケールの大きな話になってきている。

「信者というか……シチューにはパン派なので」

「はぁ……私は心が広いから、パンも用意してあげる。ありがたく思いなさいよ？」

「は、はい。ありがとうございます」

ということで、僕はパンも用意してもらえることになった。

家の中に少しだけ余りがあったらしい。

そして、僕らはついにビーフシチューを食すことに。

『いただきます』

声を揃えて食べ始める。

「うん！　美味しいわね！」

「はい。そうですね」

改めて食べてみるが、美味しい。

やはり料理はオーソドックスなものに限る。

「でも、まだ何か足りないような……」

「先輩。余計なものを足す癖《くせ》は無くしてください」

「え～、ダメかしら？」

「はい。ダメです」

「ふふ。まぁ、ユリアがそう言うなら、そうしようかな？」

先輩は首を少しだけ傾《かし》げて、微笑《ほほえ》む。

それから二人で食事を終えると、僕は先輩の家で本を読んでいた。

ちょうど、以前読みかけのものを置いたままだったからだ。

「ユリア。お風呂《ふろ》入らないの～？」

気がつけば先輩が入浴したようで、髪《かみ》を濡《ぬ》らして出てきた。

「帰ってからにしますよ」

「うちで入りなさいよ」

「え。悪いですよ」

「私は気にしないから」

「しかし──」

「これは先輩命令よ！」

「……分かりました」

先輩がそう言ってくるので、大人しく入浴することにした。

僕としては思うところがないわけではないのだが、さっぱりしたかったのでお言葉に甘《あま》えることにした。

「ふぅ」

「ユリア！　今日はこれをするわよ！」

先輩はトランプを取り出してくる。

ボードゲームなどの類は定期的に遊んだりするのだが、今日はトランプだった。

「ぐぬぬ……」

「先輩。ここで終わりにしませんか？」

「まだよ！」

「……」

ババ抜《ぬ》きをしていたが、先輩《せんぱい》はあまりにも顔に出やすい。

気がつけば、三十連勝もしていた。

「はぁ……どうして勝てないの？」

「先輩は顔に出過ぎですよ」

「え⁉」

「でもおそらくは、意識しても改善できませんから、賭《か》け事《ごと》は避《さ》けた方がいいですよ」

「ぐぬぬ……後輩に言われて、何も言い返せないなんて……」

そんなやりとりをしつつ、もう時間は0時を過ぎようとしていた。

そろそろ、帰るべきだろう。

「ユリア」

「はい」

「帰るの？」

「そうですね。そろそろ、いい時間ですし」

「その……泊《と》まっていってもいいわよ？」

「それは流石《さすが》に」

「でも、この時間に帰るのは流石に面倒《めんどう》でしょ？　私なら気にしないから。それに！　後輩の面倒を見るのも、先輩の務めだから！」

「そう、ですか」

と言うことで、僕は先輩の家に泊まることになったのだが、なぜかベッドで隣《とな》り合わせになっていた。

先輩曰《いわ》く、客人を床《ゆか》で寝《ね》かせるわけにはいかないとのこと。

僕は別にどこでも良かったのだが、先輩に言われるがままにベッドに入ってしまった。

「……」

「……」

互いの呼吸だけが聞こえる。

とても静かな夜だった。

「ねぇユリア」

「はい」

「こんな日が……ずっと続けばいい。そう思わない？」

「それは──」

別に思わないわけではない。

しかし僕らには、やるべきことがある。

「こんな日を続けるためにも、僕らは戦っていくべきでしょう」

「そうだけど……」

そっと背中に先輩の手が触《ふ》れる。

「黄昏なんてどうにもできない」

「え？」

「分かっているでしょう？　みんな心のどこかではそう思っているわ」

「そんなことはないです」

「嘘《うそ》。だって、こんな世界に人間だけで争えるわけがない」

「先輩。どうしてそんなことを言うんです」

「だって、本当のことだから」

「本当じゃありません」

僕はベッドから起き上がって、先輩の顔を見つめる。

どんな顔をしているのだろう。

そう思っていたが、先輩は妙《みよう》に潤《うる》んでいる瞳《ひとみ》をしていた。

まるで何かに焦《こ》がれているかのように。

「ユリア……」

「うわっ！」

ベッドに押し倒《たお》されてしまう。

先輩が上にのしかかり、じっと見つめてくる。

「ユリア。どこか一緒《いっしょ》に行きましょう」

「どこか？」

「えぇ。Ｓランク対魔師なんて、どうでもいい。どこか静かなところで二人で暮らすのよ。嫌かしら？」

僕は思案する。

僕らがＳランク対魔師でなくなった後の世界。

確かに、僕らがいなくても世界は回る。

回るけれど、僕はそんな無責任なことはできなかった。

「できません」

「どうしても？」

「はい」

「そう……なら」

先輩の顔が迫《せま》ってくる。

そこから先、再び自分の意識が遠のいていく。

僕は何度かこんな状況《じょうきょう》を繰《く》り返している。

そんな感覚が最後に残った。


「ユリア？　起きたの」

「シェリーか。おはよう」

目が覚めるとシェリーが隣《となり》にいた。

確か、シェリーとは……いや、何があったんだ？

「ごめんシェリー。昨日何かあった？」

「ううん！　別に何も！　ユリアと遊んでいた時、気分が悪いって言うから私の家で介抱《かいほう》していたのよ」

「そう……なの？」

「ええ！」

全く記憶《きおく》がないが、そうなのだろう。

「ユリア。今日が最後の休みでしょう」

「うん。そうだね」

「体調がいいのなら、少し外に出ない？」

「いいよ」

「やった！」

僕らは街に繰り出すことになった。

シェリーが昼食を作ってくれて、僕らは街並みを眺《なが》めながら歩みを進めていた。

「だいぶ、復興も進んできたね」

「そうだね」

「あの時の襲撃《しゅうげき》から結構時間経《た》つもんね」

「言われてみれば、そうだね」

第一結界都市の襲撃。

あの時、僕はシェリーを助けることになった。

それから僕らは一緒にいることが多くなった。

シェリーはもっと強くなりたいと言って、僕と一緒にトレーニングすることもあった。

シェリーは強くなっている。

その確信が僕にはあった。

「あ。ちょっと寄って行っていい？」

シェリーが指差す先には、洋服店があった。

「いいよ」

僕はシェリーの後に続いて、一緒に店内に入る。

「最近、新しい服をあまり買えてなくて」

「へぇ。そうなんだ」

「ユリアは服とか買わないの？」

「う〜ん。積極的には買わないかな」

「ふふ。ユリアらしいわね」

と、話している間にシェリーは服を色々と物色していた。

春の新作、と書いてあるが僕にはいまいち分からない世界だった。

「どう？　似合う？」

シェリーがニコニコと微笑みながら、服を前に見せてくる。

花柄《はながら》の服だったが、確かにこの明るい色は似合う気がする。

「うん。いいと思うよ」

「じゃあ、試着しようかな？」

「待ってるよ」

「うん！」

シェリーが試着室に入って着替《きが》えるのを待つ。

微かに衣擦《きぬず》れの音が聞こえてくるが、あまり集中してきかないようにする。

「ジャーン！　どう？」

「おぉ！　可愛《かわい》いね」

「そ、そうかしら」

忙《せわ》しなく髪を触《さわ》るシェリー。

確かに、この服はよく似合っていた。

「他にも見てくれる？」

「うん。構わないよ」

その後、シェリーはいくつかの服を試着してから、一つだけ購入《こうにゅう》した。

「じゃあ、お昼にする？」

「うん。そうだね」

僕らは公園に向かって、ベンチに座《すわ》る。

シェリーは小さな弁当箱と大きな弁当箱をバッグから取り出した。

「はい。ユリアはこっちね」

「ありがとう。それにしても、シェリーは小さいね」

「う……その。ダイエットしているの」

「ダイエット？」

ダイエットをするほど、シェリーが太っているとは思えなかった。

「普通《ふつう》に痩《や》せていると思うけど」

「違《ちが》うの！　お腹周りのお肉が……！」

「そうなんだ」

「練習量が増えて、食事量も増えちゃって……」

切実そうに声を漏《も》らすシェリーだが、ダイエットすべきなのだろうか。

「あんまり無理なダイエットは良くないよ」

「そうかな？」

「うん。対魔師なんだし、ちゃんと食べた方がいいよ」

「分かった……気をつけるね？」

そして僕らはその弁当を食べることに。

箱を開けると、卵焼きとソーセージとご飯などの普通のものだった。

でも、これくらいがちょうどいい。

先輩《せんぱい》は何かとアレンジしようとする人だったから、シェリーを見習って欲しいものだ。

「先輩にもこれを見習って欲しいよ」

「先輩？　先輩って誰《だれ》のこと」

「誰って――」

あれ。

確かに僕は先輩と呼んでいる人がいるはずだった。

でも今はなぜか名前を思い出せなかった。

「あー、まぁ対魔師の先輩だよ」

「ふぅん。女の人？」

「そうだね」

「へぇ……」

シェリーの目が暗くなったような気がした。

特に意識はしていないが、雰囲気《ふんいき》もちょっと不機嫌《ふきげん》なような？

「うん！　美味しいよ」

「本当？」

「嘘じゃないよ」

「そっか。ふふ。良かった」

打って変わって、シェリーはニコニコと微笑んでいる。

「なんか、ここだけ見ると平和だね」

「そうだね」

公園では子どもたちが元気に走り回っていた。

その姿を僕らは見つめる。

「ユリアは、子ども好き?」

「まぁそうだね。可愛いと思うよ」

「将来は何人欲しいとかあるの……?」

シェリーがちらっと僕の顔を窺《うかが》いながら、そう尋《たず》ねてくる。

「何人? うーん。どうだろ。そんな未来はまだ描《えが》けないかな」

「そっか」

それから僕らは再び移動する。

次に向かう場所は、水族館という場所だった。

結界都市もかなり豊かになってきており、娯楽《ごらく》に投資が進んでいる。

この水族館というのは珍《めずら》しい魚類を集めて観賞《かんしょう》する施設《しせつ》らしい。

魚は基本的には食べ物、という認識《にんしき》だったので、なんだか観賞するのは新鮮《しんせん》だった。

食料ではなく、観賞用に回すほど結界都市が潤《うるお》ってきている証《あかし》だった。

「うわぁ……多いわね」

「だね」

視線の先にはたくさんの人が映っていた。

最近できたこともあって、話題になっていたがまさかここまでとは。

「どうする？」

「いいの？」

「せっかくだし並ぼうか」

「うん。シェリーも気になるでしょ？」

「それはそうだけど……ユリアがそう言ってくれるなら、待とうかな」

僕らは一時間ほど並んでついに中に入ることができた。

「うわぁ……！」

「すごいね、これは」

早速《さっそく》中に入ると、ガラス越《ご》しに魚たちが泳いでいた。

観賞するというのはピンときていなかったが、こうして実際に見ると確かにいいものだと思えた。

しばらく先に進むと、さまざまな種類の魚が展示されていた。

どうやら、この水族館の中では、魚の種類ごとに展示を分けているらしい。

今までは見たこともない魚がいて、とても面白《おもしろ》かった。

「うわぁ……なんかちっさいのがいる！」

シェリーはとても嬉しそうだった。

常にニコニコと笑って施設内《しせつない》を見て回っている。

「ユリア、すごいね！」

「うん。そうだね」

僕《ぼく》は魚というよりも、ここまではしゃいでいるシェリーを見ている方が、なんだか微笑ましく見えた。

「楽しかったぁ」

「新鮮だったね」

二人で水族館を後にする。

初めての娯楽《ごらく》施設だったけど、予想以上に楽しむことができた。

「ねぇ、ユリア。ちょっとあそこに行かない？」

「高台に？」

「うん。一度、この街を一望したくて」

僕らは結界都市内にある高台を目指す。

結界と壁《かべ》によって囲まれているこの都市は、壁に登れば街を一望できる。

基本的には対魔師《たいまし》しか入れないのだが、一般《いっぱん》の人にも開放されている場所がある。

僕とシェリーは一般入り口から高台へと進んでいく。

「うわぁ……綺麗《きれい》だな」

「夜の街を改めて見ると、確かに綺麗だね」

見渡《みわた》す街並み。

夜になったので街は明かりに包まれる。

人工的な光ではあるが、なんだか神秘的に思えた。

「ねぇユリア」

「何、シェリー」

「今日は楽しかった？」

「うん。楽しかったよ」

「そっか。私も楽しかった。こんな日がずっと続けばいいのに」

こんな日がずっと続けばいいのに。

この言葉を聞くのは初めてではない。

そんな気がした。

「ユリアは黄昏にまた行くの？」

「うん。行くよ」

「そっか……ねぇ、本当にユリアは黄昏に打ち勝てると思う？」

「思うよ」

「本当に？」

「うん」

「……私はそう思えなくなってきた」

シェリーは顔を俯《うつむ》かせる。

「ユリアが無理に頑張《がんば》ることはないんじゃない？」

「無理なんてしてないよ」

「そういう意味じゃなくて、ユリアが頑張らなくても他に誰かがやってくれる。ううん。きっと、私たちが生きている間には黄昏を打破できない」

「……そんなことはないよ。未来は誰にも分からない」

僕は自分の思いを真剣《しんけん》に伝える。

弱気になってしまうのも分かるが、譲《ゆず》るわけにはいかない。

「ねぇ、ユリア」

近寄ってくるシェリー。

彼女《かのじょ》は気がつけば、僕にキスをしてきていた。

そっと触れる唇《くちびる》。

僕はどうしてキスをしてくるのか、分からなかった。

「シェリー？」

「ユリア。学院を卒業したら、一緒に暮らそう？　それで結婚《けっこん》して子どもを作って、この平和な結界都市で生きていこうよ」

「それは……」

そんな未来を想像してしまう。

シェリーと一緒に平和な未来を生きていく。

きっとそれは幸せなんだと思う。

自分の子どもができて、仕事をして帰ってきたらシェリーと子どもが待っている。

夢想する世界はあまりにも魅力的《みりょくてき》に見えた。

シェリーとそんな関係になるとは、まだ考えにくいけど、その未来が幸せだということは分かっている。

けれど僕は――

「シェリー。僕はその未来を受け入れられない」

「どうして？」

「黄昏《たそがれ》の世界で戦う。それが僕の使命だ」

「使命なんて捨てちゃえばいいよ。私の体も、好きにしていいんだよ？」

寄り添ってくるシェリーは、胸をわざとらしく押《お》し付けてくる。

妖艶《ようえん》な表情。

だが、僕は今……全て思い出していた。

ソフィア。

リアーヌ王女。

エイラ先輩。

シェリー。

みんなと過ごしてきた日々。

僕がみんなとの未来を拒絶《きょぜつ》するたびに、新しい世界がやってくる。

けれど、それももう終わりだ。

確かにみんなと共に過ごす未来は素晴《すば》らしいものだ。

でもその未来を僕は求めていない。

黄昏を許容して生きていくことはできないのだから。

毅然《きぜん》とした態度で僕はシェリーの体を押しのける。

「そっか。ユリアはそっちの道を行くんだね」

「うん」

パラパラと世界が粒子《りゅうし》に還《かえ》っていく。

シェリーの体も同様に粒子となっていく。

「幸せを手放すの？」

「うん」

「その先に地獄《じごく》が待っていても？」

「うん」

「死んでしまうとしても？」

「うん」

「それでも——ユリアは進んでいくの？」

「僕はこれまでも、そしてこれからも——黄昏と戦う。それが僕の使命だから」

「そっか。その夢が叶《かな》うといいね」

にこりと微笑みながら、シェリーだったものは消えていった。

同時に世界も真っ白になっていく。

「ここは……」

気がつけば僕は、王城内に戻《もど》ってきていた。

「ユリア……くん？」

「ベルさん？」

戻ってきていた。

明確に戻ってきたという感覚があった。

「どうやら幻覚《げんかく》を見ていたようだね」

「はい」

「術者は……いないみたいだけど」

「もしかしたら、このフロア自体に仕込《しこ》まれていたのかもしれません」

このフロアに足を踏《ふ》み入れた瞬間《しゅんかん》に、やってきた幻覚。

あまりにも都合のいい世界。

あの世界を受け入れていればきっと、僕らは二度と目を覚まさない。

そんな幻覚だったのかもしれない。

「あまりにも平和な幻覚だった。けど、それ故《ゆえ》にとても危なかった」

「ですね。黄昏と立ち向かう意思がなければ、危なかったです」

「うん。ともかく、先に進んで行こうか」

「はい」

僕とベルさんはついに、聖域のひとつ前の階にたどり着いた。

そこで目にしたものは──

「クローディア……やっぱり」

忌々《いまいま》しそうに、ベルさんは言葉を発した。

隣にはベルさんの仇《かたき》である七魔征皇も立っている。

僕もまた、この状況を理解できないわけではない。

裏切り者はサイラスさんだけではなかったということだ。

僕はショックを受けていたが、ベルさんは「やっぱり」と言葉にした。

つまり、その予感はあったということだ。

「ベル。やっぱり、来たのね」

「……クローディア。あなたが立ちはだかるのなら、殺す」

「そう……あなたは変わらないわね」

「変わったのはそっちだから」

「ううん。私はずっと変わらないわ」

「御託《ごたく》はもういい」

向かい合う二人。

そんな中、立っていた七魔征皇が口を開いた。

「ユリア＝カーティスだったな。先に行け」

相手はあろうことか、階段を指差してきた。

「ここは剣士《けんし》の場だ。お前は必要ない」

「ユリアくん行って。この二人は私が殺すから」

「……分かりました」

本当に素通《すどお》りできるのか。

途中《とちゅう》で奇襲《きしゅう》を受けるんじゃないのか。

そんなことも脳内にあったが、本当に素通りできるようだった。

その際。
クローディアさんが声をかけてくる。
「ユリアくん。サイラスのことお願いね」
走っていく中、そんな声が聞こえてきた。
一体、クローディアさんが何を思ってその発言をしたのか。
僕には全く分からなかった。
そして、僕はついに聖域への階段を駆《か》け上がっていくのだった。

第四章　さようなら、世界

「さぁ、お前の剣《けん》ももらうぜ？」

「その剣は返してもらう……」

ベルは魔剣《まけん》を抜いて上段に構える。

クローディアの裏切り。

そして、アルフレッドと呼ばれるベルの師匠《ししょう》の仇。

正直なところ、ベルの精神状態は正常ではない。

親友の裏切りに師匠の仇。

その二つによってパフォーマンスが下がってもおかしくはないが、ベルは集中していた。

そのレベルは今までにない。

彼女は感情を完全に制御《せいぎょ》していた。

ただ純粋《じゅんすい》に敵を屠《ほふ》る。

そのために剣を振《ふ》るう。

それだけで今は十分だったから。

「おい女。お前は手を出すなよ」

「でも、二人で戦った方が……」

「黙《だま》れ。これは剣客《けんかく》同士の戦いだ」

「……本当にやばい時は加勢するわよ？」

「そんな瞬間は訪《おとず》れねぇ」

クローディアの言葉にして、アルフレッドは吐《は》き捨てるように否定する。

元々、サイラスの命令でこの場にいるクローディア。

彼《かれ》の蛮行《ばんこう》を知りつつも協力している。

そのことに後悔《こうかい》などありはしなかった。

ただ、サイラスの側にいるだけでいい。

それこそがクローディアの望みだったから。

「行くぞ」

「来い。師匠の仇、ここで絶対に討《う》つ」

二人の剣客がぶつかり合う中、クローディアは過去を想起していた。

サイラスと出会い、ベルと出会い、今に至るまでの——その軌跡《きせき》を。

◇

「ぐすっ……ぐすっ……」

クローディアは孤児《こじ》だった。

親が黄昏症候群《トワイライトシンドローム》で亡《な》くなってしまい、彼女は一人になった。

そんな時に現れたのがサイラスだった。

「あ！　サイラスさん！」

「おや、クローディアさんじゃないですか」

二人はとても仲が良かった。

サイラスは自分の経営する孤児院《こじいん》の子どもには優《やさ》しかったが、その中でもクローディアには特別優しかった。

それは妹のことを思い出してのことだったが、そのことを本人は自覚していない。

「ねぇ、ねぇ。黄昏ってどんなところ？」

無邪気《むじゃき》にクローディアは尋ねる。

「そうですね。厳しいところですよ」

「厳しい？」

「はい。いつ死んでもおかしくはない場所です」

「え……サイラスさんも死んじゃうの？」

心配になって袖《そで》を掴《つか》むクローディア。

サイラスはそっと彼女に微笑《ほほえ》みかける。

「私は死にませんよ」

「本当に？」

「心配ですか？」

「うん……」

「そうですね。あなたは才能があります。魔法《まほう》の才能が」

「そうなの？」

「はい。だから、対魔師を目指すのもいいのかもしれません。無理強《むりじ》いはしませんが」

それは心からの言葉だった。

才能がある人間には責任がある。

サイラスは心のどこかでそう思っている。

幼い彼女に魔法の才能があるのは分かっていた。

孤児院で魔法の才能があるのは、クローディアだけ。

そして、その言葉は彼女の人生を大きく変えることになった。

「私、サイラスさんみたいに強くなりたい！　それで助けることができるようになりたい！」

「私を助ける、ですか？」

この時すでに、対魔師として全盛期《ぜんせいき》を迎《むか》えつつあるサイラス。

誰からも助けを必要としない彼にとって、その言葉はあまりにも新鮮だった。

「うん！　だから、私頑張るね！」

「そうですか……目標があるのはいいことです」

目標。

サイラスの目標とは、人類を浄化《じょうか》すること。

子どもたちの笑顔《えがお》を見ても、それは変わりはしない。

彼の心には妹のアリサの無念が宿り続けているから。

それからクローディアは対魔学院に入学。

孤児院を出て、寮《りょう》に住むことになった。

そこで出会ったのが、ベルティーナ＝ライトである。

「ねぇ、ベル」

「……なに？」

「いつも剣を振ってるけど、疲《つか》れないの？」

「疲れるけど、強くなるには振るしかない」

「ふーん」

対魔学院の中でも頭角を現しつつあった二人。

その中でも、ベルの存在は大きかった。

誰よりも剣を愛し、剣を振り続けている少女。

すでにAランク対魔師であり、次世代のSランク対魔師として注目されていた。

そんな中、クローディアもまた研鑽《けんさん》を積んでいた。

依然《いぜん》としてサイラスへの想《おも》いは変わらない。

幼い頃《ころ》の夢は、徐々《じょじょ》に近づきつつあった。

「あ！　サイラスさんだ！」

「クローディアさん」

結界都市の入り口で出会う二人。

サイラスはちょうど、任務を終えたばかりだった。

「終わったの?」

「はい。今回は割と楽でした」

「えっと……その」

「?　どうかしましたか?」

クローディアは顔を少しだけ赤く染めて、言葉を紡《つむ》ぐ。

「もしよければ、一緒《いっしょ》にご飯でもどうですか?」

「……そうですね。時間はちょうど空いているので、この後でしたら」

「やった!」

クローディアの好意に対して気がついていないわけではないサイラス。

ただ、相手はまだ子ども。

いずれ、自分への興味は無くなるだろう。

そうサイラスは思っていた。

しかし、クローディアの想いは依然として変わることはなかった。

誰よりも強くて、誰よりも優しい。

その優しさが偽物《にせもの》だとしても、彼女は惹《ひ》かれ続けていた。

サイラスはどこか危《あや》うい。

そんな雰囲気もクローディアは好きだった。

自分が支えてあげないといけない。

彼女はそんなことも考えていた。

「美味《お》しいですか？」

「はい。美味しいですよ」

二人でやってきたのは、レストランではなかった。

クローディアはサイラスの家にやってきて、手料理を振る舞《ま》っていた。

今日はシンプルにミートソースのパスタ。

最近は料理も覚えてきており、それは全てサイラスのためだった。

「そういえば、学院での成績がいいようで」

「え、知っているんですか？」

「一応、優秀《ゆうしゅう》な対魔師は把握《はあく》するようにしています」

全ては人類の選抜《せんばつ》のため、とは伝えなかった。

ただその言葉はクローディアにとって、胸が跳《は》ねるほど嬉《うれ》しかった。

「私の目に狂《くる》いはない。あなたはきっと、Sランク対魔師になれますよ」

「そう……ですか？」

「何か心配が？」

クローディアは少しだけ顔を俯かせる。

「同い年にすごい人がいるんです」

「ベルティーナ＝ライトですね」

「はい。知っているんですね」

「彼女は素晴らしい剣士です。実力で言えば、すでにSランク級ですから」

「彼女と比較《ひかく》すると、やっぱりダメなのかなって」

ベルとクローディアは親友である。

互《たが》いにそう思っているが、クローディアは劣等感《れっとうかん》があった。

自分はあそこまで身を捧《ささ》げることはできない。

剣にだけ人生を捧げるその姿を、クローディアは尊敬と畏怖《いふ》を持って見つめていたのだから。

ベルの狂気《きょうき》的なまでの修練は、もはや人間の領域ではない。

魔法の才能があり、誰よりも努力してきた。

しかし、ベルには届かない。

その事実を学院に入って知ってしまった。

「……月並みな言葉になりますが、剣士と魔法は違います。彼女の強さと、あなたの強さは根本的に異なるものです」

「そうなんですか？」

「はい。それに強い人間が優秀な対魔師になるわけではありませんから」

「じゃあ、どんな人が優秀な対魔師なんですか？」

「生き残っている人ですよ」

「生き残っている人……」

「もう、黄昏での実習を経験しているから分かっているでしょうが、あの世界はあまりにも過酷《かこく》。だから、対魔師として生き残っている。それだけで十分に優秀です。クローディアさん。あなたの先に待っているのは過酷な世界です。それでも私は、歓迎《かんげい》しましょう。一緒に戦う同士として」

「サイラスさん……」

決して慰《なぐさ》めなどではなかった。

純粋にクローディアは優秀な対魔師になる。

その芽をここで摘《つ》むにはあまりにも惜《お》しい。

何もサイラスは人類全てを憎《にく》んでいるわけではなかった。

こうして、自分のために使える人間は事前に吟味《ぎんみ》していたのだ。

そんな事情も知らずに、クローディアはさらにサイラスに傾倒《けいとう》していくことになる。

そして、学院を卒業してベルとクローディアはSランク対魔師になった。


「ベル」

「クローディア。調子はどう?」

「悪くはないわ。ベルは相変わらず、すごいわね」

「ううん。私なんて、師匠に比べればまだまだ」

「全く、とんでもないわね。今の実力で満足してないなんて」

「クローディアもSランク対魔師、おめでとう」

「あなたよりは一年遅《おそ》いけどね」

「クローディアは私と違って、器用だから」

「器用?」

「うん。繊細《せんさい》な魔法を使える。私とは強さの質が違《ちが》うよ」

「……そうかしら」

「うん」

ベルからそんな言葉をかけられるのは、意外だった。

正直、見向きもされていない。

クローディアはそう思っていたから。

ベルはさらに強くなっていた。

やはり、自分とは違う。

クローディアがそう思うのは、無理もない。

ただ、彼女には実感があった。

やっと、Sランク対魔師になることができた。

幼い頃からの夢。

いつか、サイラスの隣《となり》に立つという夢が果たされようとしていた。

そんな時——クローディアは信じられないものを目撃《もくげき》する。

「サイラスさん？」

サイラスの家に来ていたクローディア。

彼女はSランク対魔師になったことを報告したかった。

胸の鼓動《こどう》は徐々に速くなっていく。

しかし、目の前に広がっていたのは血を流している人間。

その隣で立っているサイラスだった。

「おや、鍵《かぎ》は閉めたはずですが」

「その……開いていました」

「そうですか。私としたことが、うっかりとしていました」

この状況《じょうきょう》であっても、サイラスは平然としている。

一方でクローディアは信じられない、という表情をしていた。

「何を……しているんですか？」

「粛清《しゅくせい》ですよ」

「粛清？」

「はい」

「人を殺すことが、粛清なんですか？」

「人類は無駄《むだ》が多すぎる。あなたもSランク対魔師になったからこそ、知っているでしょう。現在の歪《いびつ》な体制を」

「それは……」

否定できなかった。

保守派と革新派。

人類の上に立っているのは、お世辞にも素晴らしい人間とは言えなかった。

貴族も含《ふく》めて、私利私欲に塗《まみ》れている人間たち。

クローディアはそれを見て見ぬふりをしていた。

だって、自分がどうにかできることではないから。

「さて、見られたからには——あなたも」

殺しましょうか。

と、サイラスが言う前に彼女は口を開いた。

「——私にも協力させてくれませんか？」

「協力ですか？」

「はい。サイラスさんのしていることが、正しくないわけがない。きっとこれは遠い未来に大きな意味を持ってくる。いつだって、変革の時には血が流れます。英雄《えいゆう》になるって、そういうことでしょう？　人の屍《しかばね》の上に立ってこそ、変革は起きると私は思います」

クローディアはそう言った。

全てはサイラスを肯定《こうてい》するために。

幼い頃からの恋心《こいごころ》は、彼の全てを肯定する。

たとえ、それが独善的なものであったとしても。

「なるほど……クローディアさん。あなたはやはり、とても聡明《そうめい》な方のようですね」

「だめ、ですか?」

「いいでしょう。一人くらいは協力者がいてもいい。ただし、裏切った場合は容赦《ようしゃ》はしません」

「私は裏切りません。絶対に」

「そうですか」

その瞳《ひとみ》を見て、サイラスは使えると思った。

自分一人では限界があったことも、クローディアが加わることで大きく動きやすくなった。

そして気がつけば二人は、恋人《こいびと》同士になっていた。

もちろんサイラスにあるのは打算的な感情である。

恋心などありはしない。

ただ、この感情というものはうまく利用できる。

それだけの関係だった。

クローディアも薄々《うすうす》は気がついていた。

恋人らしい時間などありはしない。

常に計画のために動き、二人でいる時はサイラスの思想を聞く。

でも、それだけで十分に幸せだった。

それほどまでに彼女の想いは強かった。

「クローディア。久しぶり」

「ベル。そうね。こうして会うのは、かなり久しぶりね」

サイラスと任務を共にすることが多くなり、ベルと会うことも少なくなっていたクローディア。

今更《いまさら》人類に対する裏切りに思うところはないが、ベルには多少の負い目があった。

「調子はどうなの？」

「悪くはない」

「序列も上がってきているわね。そろそろ、上位に入るんじゃない？」

「どうだろ……」

「ふふ。興味ないって感じ？」

「師匠にはまだ届かないから」

「師匠ね」

ベルの師匠はSランク対魔師《たいまし》序列二位。

かなりの古参ではあるが、未《いま》だに現役《げんえき》。

人類最強の剣士として名を馳《は》せている。

「ベルは、師匠のことが好きなの？」

「え……ど、どうなんだろう」

ベルは顔を赤くして、俯いてしまう。

その反応だけで十分だった。

恋《こい》バナなんてしたことはないけど、今まで遠く感じていたベルのことが少しだけ理解できるような気がしていた。

「ふ〜ん。好きなんだ」

「そんなんじゃ……ないと思うけど。憧《あこが》れはある」

「そっか。でも、気持ちを伝えるのは大事なことよ？」

「そうなの？」

「ええ」

「クローディアは経験があるの？」

「……」

すぐに返答はできなかった。

純粋な恋人関係なら即答《そくとう》できただろう。

しかし、今していることを考えると躊躇《ちゅうちょ》してしまう。

ベルは親友だ。

ただし、親友を裏切る行為《こうい》をしていることは自覚している。

サイラスの計画には、現在のＳランク対魔師は保護対象に入っていない。

つまりは、いつか対立する未来が来てしまう。

そんなことをどうしても考えてしまう。

「まぁ、そうね。ベルよりは経験豊富よ」

少しだけ茶化《ちゃか》した感じで、そう言葉にした。

「おぉ……！　それは凄《すご》い……！」

他愛《たあい》のない話。

そんな日々はクローディアにとって癒《いや》しだった。

ベルとのささやかな時間は彼女にとって支えになっていた。

だが、状況は大きく変わることになる。

「……」

「ベル」

「……私が弱いせいだ」

雨が降りしきる中、二人は喪服《もふく》に身を包んでいた。

葬式《そうしき》。

その葬式はベルの師匠のものだった。

任務中に謎《なぞ》の敵対存在と接敵。

ベルの師匠は仲間を逃《のが》すために戦い、黄昏の地で命を落とした。

ベルは一緒に戦いたかった。

しかし、それは許されなかった。

その結果が――この葬式だった。

深い絶望に落とされ、ベルは変わってしまった。

復讐心《ふくしゅうしん》を心に宿し、以前よりも雰囲気《ふんいき》は鋭《するど》くなっていく。

それからベルはすぐにＳランク対魔師序列二位になった。

互いに話すことも、少なくなってしまった。

クローディアはこんな時、どんな声をかければいいのか分からなかった。

それからさらに時は巡《めぐ》る。

台頭してくる若い対魔師たち。

エイラがＳランク対魔師となり、次に出てきたのはユリアだった。

「ユリア＝カーティス、ね」

クローディアは参考資料に目を通す。

新しいＳランク対魔師として、ユリアの資料が整理されていた。

「二年間、黄昏を放浪《ほうろう》。そして帰ってきた。特筆すべきは、二年間も黄昏に適応したその体。魔力《まりょく》適性、戦闘力《せんとうりょく》も問題ない、か」

その資料を見てクローディアは思う。

こんな人間が本当にいるのかと。

黄昏の危険性はよく知っている。

あんな場所で二年も生きている？

俄《にわか》には信じ難《がた》い。

ただ、興味が湧《わ》いた。

どんな人間なんだろう。

どんな性格をしているんだろう。

そして、クローディアはギルと共にユリアに会いに行くことになった。

「純粋な少年ぽいわね」

「ん？　まぁ、そうだな」

サイラスの元にユリアを届けた後、クローディアはギルにそう言った。

「とても二年間も黄昏《たそがれ》にいたとは思えない」

「性格的には優しいやつなんだろう。ただ纏《まと》っている魔力は尋常《じんじょう》じゃなかった。感じただろう？」

「……そうね」

否定はしなかった。

その純粋さは誰《だれ》かに似ている。

いや、クローディアはサイラスのことをよく知っているからこそ、どこか重なって見えていた。

純粋に自分の目的を果たそうとするその瞳。

サイラスとは真逆かもしれないが、よく似ている。
それからクローディアはユリアに声をかけるようになった。
保守派と革新派。
そのことについても説明をした。
この事実を知っても、彼は変わらずにいられるのか。
そしてやはり、ユリアは変わらなかった。
ただ真《ま》っ直《す》ぐに人類のために黄昏と戦う。
その純真無垢《じゅんしんむく》な姿勢に尊敬すら覚えた。
「……やはり、課題は彼でしょう」
「ユリアくん？」
「ええ。彼の存在が一番厄介《やっかい》。戦闘力的にも、そしてその人間性的にも」
ユリアに阻《はば》まれた計画。
そして、次こそ成功させるために二人は話し合っていた。
サイラスは英雄と呼ばれているが、ユリアもまた次の英雄と呼ばれ始めていた。
人間性的な部分だけではなく、実績的にもサイラスと似通っている。
クローディアはそんな中であることを考えていた。

決してサイラスには言えないことを。
そう。
ユリアならもしかしたら、サイラスのことを止めることができるのかもしれない。
サイラスを肯定しつつも、誰かに止めてほしかった。
これ以上、苦しんでいくサイラスの姿を見たくはなかったから。
表では聖人のように振る舞っているが、裏ではいつも苦しんでいた。
ロクに眠《ねむ》ることはできず、常に計画のことを考えている。
時折、そっと胸のペンダントを開いて「アリサ」と呟《つぶや》く。
彼の心には妹しかいない。
そのこともクローディアは分かっていた。
分かった上でずっと側にいた。
一人にしていては、いつか壊《こわ》れてしまうから。
いや、きっと自分もまたとっくの昔に――壊れていたのかもしれない。
サイラスはそれから、七魔《しちま》征皇《せいこう》と手を結んで最終計画を実行する。
そのことはすでに通達されていた。
クローディアは結界都市で待っていた。

主要なSランク対魔師たちを黄昏に残し、その間に聖域を開く。

「おかえりなさい」

「えぇ。クローディアさんは彼と一緒に」

そう言って、クローディアはアルフレッドと共にいるように言われる。

それ以上の言葉はなかった。

これが最後の戦いになる。

どちらかが生き残って、どちらかが死ぬ。

ここまできてしまえば、戻《もど》ることはできない。

分かっているというのに、心のどこかでもう楽になって欲《ほ》しい。

そう思っていた。

そしてクローディアはついに、ベルとユリアと対峙《たいじ》することになった。

「ユリア＝カーティスだったな。先に行け」

「ここは剣士《けんし》の場だ。お前は必要ない」

「ユリアくん行って。この二人は私が殺すから」

「……分かりました」

七魔征皇も一枚岩ではない。

決してこちらに対して完全に協力的ではないことは知っていた。
本来ならば通すべきではないけど、クローディアは進んで欲しいと思っていた。
もう、彼と止めることができるのはユリアしかいないから。

「ユリアくん。サイラスのことお願いね」

その言葉は自然と出たものだった。
きっとユリアならば止めることができる。
彼を楽にすることができる。
そう思っての言葉だった。
クローディアは去っていくユリアに全てを託《たく》した。
願わくば、サイラスを救ってくれるようにと願って――。

◇

「ははは！　いい剣《けん》だな！」

「……」

やっと。

やっとここまで辿《たど》り着いた。

私はアルフレッドと呼ばれる七魔征皇と剣を交えていた。

ここまで長かった。

私はずっと悔《く》いていた。

あの時、逃《に》げてしまったことを。

師匠《ししょう》は一人でみんなを逃すために、戦って散った。

人類最強の剣士。

いつまでも届くことがない存在。

だから、負けるわけがない。

そう思っていたけど、死は突然《とつぜん》だった。

最強と呼ばれる人だって、死は平等に訪《おとず》れる。

そんな当然のことを私は知らなかった。

それからもう一度初めから剣を鍛《きた》え直した。

一人で孤独《こどく》に任務に打ち込《こ》み、剣を鍛える。

その途中《とちゅう》で、リアーヌ様、エイラちゃん、シェリーちゃん、そしてユリアくんなどの若い人たちとも交流するようになった。

あの時の師匠のように次世代の対魔師を育てる。

師匠の大きな背中を追いかけて、私はずっと走ってきた。

この最前線で戦うことを続けてきた。

そして今は、師匠の仇《かたき》が師匠の剣を振《ふ》っている。

燃《も》え盛《さか》る復讐心。

ただし、感情に支配されることはない。

ただ無感情に殺すだけ。

その後に、裏切り者だったクローディアも殺す。

殺す覚悟《かくご》が私には……あるはずだ。

でも、クローディアとのあの日々は偽物だったのか？

彼女《かのじょ》はずっと私のことを騙《だま》していたのか？

ささやかな日々。

ずっと一緒に戦うと思っていたけど、本当にそれは——

「おっと！　集中力を欠くと、死ぬぜ？」

「クッ！」

眼前。

相手の剣が迫《せま》ってきていた。

私はそれをなんとか受け流す。

危なかった。

後もう少し。

少しだけ遅かったら、私は頭を二つに裂《さ》かれていた。

「ふぅ……」

一旦距離《いったんきょり》をとって、集中する。

「スゥ——ハァ——」

深呼吸。

落ち着こう。

今は余計なことは考えない。
後ろで控《ひか》えているクローディアもいつか攻撃《こうげき》を仕掛《しか》けてくるかもしれない。
あらゆる可能性を考慮《こうりょ》して戦う。
そうだ。
私はこの日のために剣を磨《みが》いてきた。
自分の努力の足跡《あしあと》を信じる。
師匠はいつだってそう言っていた。
『ベル。剣は裏切らねぇ。だから、真摯《しんし》に剣と向き合って振り続けろ』
剣は裏切らない。
私は上段に剣を構える。
「お。いい感じだな。じゃあ、これはどうかな?」
迫る。
たった一歩で距離《きょり》を詰《つ》めてきた。
分かっている。
この相手はかなり強い。
いや、もしかしたら私と同じかそれ以上。

伊達《だて》に師匠を斬《き》り伏《ふ》せたわけではない。
剣を交えれば自《おの》ずと分かる。
相手がどれだけ研鑽を積んできたのか。
相手の剣には間違《まちが》いなく重みがあった。
真摯に剣と向き合ってきた、その足跡が理解できてしまう。
「ははは！　よし。じゃあ、次の段階に行くぜ？」
今までは剣技と呼べるものではなく、ただ剣を振っているだけだった。
しかし相手は――師匠と酷似《こくじ》した剣を使う。
足の運び、剣の動き、その全てが師匠に似ていた。
私は驚《おどろ》きを隠《かく》せなかった。
「なっ――!?」
「さぁ、お前も懐《なつ》かしいだろう？　師の剣に殺されるというのなら、本望《ほんもう》だろう？」
ニヤリと笑ってくる。
私の精神を揺《ゆ》さぶりにきている。
ただ、この剣を見ると否応《いやおう》なく思い出してしまう。
あの――在りし日々の思い出を。

二人で過ごした時間を。

「私は……」

「あ？」

「私は負けない。師匠を超《こ》える」

「ふっ。そうかよ」

さらに剣戟《けんげき》は激しさを増していく。

まるで本当に師匠と剣を交えているようだった。

ただ、その剣はお前よりも私の方が知っている。

だから負けるわけがない。

気がつけば、私の剣の速度は相手よりも速くなっていた。

そして――

相手の腕《うで》を切り裂いていた。

致命傷《ちめいしょう》ではない。

軽く皮膚《ひふ》を裂いただけ。

それでも、間違いなく私の方が優勢。

「チッ。この手は通用しないか」

「小手先だけの剣に私は負けない」

「そうかよ。じゃあここから先は、俺《おれ》も本気で行くぜ？」

不思議な構えだった。

ゆらりと体を微《かす》かに揺らしながら、距離を詰めてくる。

剣はかなり低く構えている。

果たしてどんな攻撃が来るのか。

と、待っている瞬間《しゅんかん》──すでに喉元《のどもと》に剣が迫っていた。

「……クゥ！」

なんとか受け流す。

剣の軌道《きどう》がはっきりと見えなかった。

「さて、見えない剣にどれだけ戦えるかな？」

はっきりと相手の姿が見えない。

厳密には視界に捉《とら》えているはずだが、見えていないのだ。

この技は初めて見る。

いや、もしかして。

ある考えが脳内に過《よ》ぎる。

人間は完全に集中して視界に物をとらえていると思《おも》い込んでいるが、微かな瞬《まば》きの瞬間は見えていない。

さらには盲点《もうてん》というものも存在している。

それは、人体にある欠陥《けっかん》の一つ。

人は左右の目で補っているが、確実に一点だけ見えない部分が存在する。

もしかすれば、その二つを巧《たく》みに利用して見えない剣を実現しているのかもしれない。

「ク、クク……」

不敵な声が響《ひび》いてくる。

ここまで来れば秘剣《ひけん》は使えない。

必中であれば、確実にしようしたいが、今の状況で当てることは困難。

いや、逆に考えればいい。

視界に頼《たよ》るのではない。

「フゥ――」

呼吸を再び整える。

視界に頼るのではない。

感覚のみで剣を受け止める。

視覚以外の五感を全て研《と》ぎ澄《す》ませ、さらには第六感とも呼ぶべき感覚を呼び起こす。
私は剣と一体になっている。
そして、相手の剣の軌跡《きせき》を脳内でイメージする。
「よし」
目を閉じて戦闘《せんとう》を続ける。
剣は確かにそこにある。
相手の剣も問題なく受け止めることができている。
間違いない。
今までの努力は決して無駄ではなかった。
その自信が今の私にはあった。
そこから私は、確実に相手を追い詰めていった。
剣はほぼ互角《ごかく》だが、若干《じやつかん》私の方が優勢である。
このままいけば、どこかで秘剣を使って勝利することができる。
その確かな未来が私にはイメージできていた。
だが、状況は思いがけない方向へと進むことになる。

「なるほど。お前のことはよく理解できた。だが、今日はここまででいいだろう」


そんな言葉と同時に、私は目を開いた。

なぜならば、相手はクローディアの背後へと回っていたからだ。

盾《たて》にするつもりか。

そこでふと、クローディアと視線が合ってしまう。

瞬間。

彼女の左胸から、刃《やいば》が突《つ》き出てきた。

「え……？」

クローディアは信じられない、という表情をしてその場に倒《たお》れる。

「俺の目的はお前の剣を知ること。今回はアウリールの命令もあってな。次こそ、決着をつけようぜ」

「あ、あぁ……」

「ははは！　大切なものを二度も失う。それでも俺に立ち向かえるというのなら、もう一

度剣を交える時が来るだろう。じゃあな」

相手は魔法《まほう》を使ったのか、一瞬《いっしゅん》でその場からいなくなってしまった。

おそらくは転移魔法の一種だが、今はそれどころではなかった。

「クローディア！」

「う……ごほっ……」

血が止まらない。

自分の心の奥底《おくそこ》では分かっていた。

クローディアを殺すことは、できないのかもしれない。

なら、罪を償《つぐな》ってもらおう。

そんな都合のいい未来は決して訪れることはない。

「ベル……」

「クローディア！　どうして、どうしてこんなことに……」

項垂《うなだ》れるしかなかった。

ユリアくんは七魔征皇を二人も撃破《げきは》した。

私もここまでに、大量の魔物《まもの》を倒してきた。

そして師匠の仇であるあいつを殺して、全てが綺麗《きれい》に収まるはずだった。

だというのに、私の目の前には親友が倒れている。

胸から溢《あふ》れ出る鮮血《せんけつ》は、もう長くないことを示している。

「ベル……これは報《むく》いなの」

「……どうして、裏切ったの？　どうしてサイラスなんかに協力していたの？」

長い付き合いだった。

学院の時からずっと、クローディアは親友だった。

そんな彼女がどこで道を踏《ふ》み外《はず》したのか。

そんなことも私は分からなかった。

「さぁ、どうしてかしらね……」

微かに笑《え》みを浮《う》かべて、クローディアはそう言った。

まるでもう、全てを受け入れているようだった。

「でも、この終わりは当然よ。彼《かれ》に協力することで、失った命は数えきれない。その報いがやってきたのよ」

「そんな……どうして、どうしてこんなことに」

「ベル。あなたは悪くないわ」

血まみれの手でクローディアがそっと頬《ほお》に触《ふ》れてくる。

「ただ私は彼の側にいたかった。いつも一人で、孤独に生きている彼の支えになりたかったの……」

「それが人類に対する裏切りでも……?」

「ええ。そうね……」

感情的には理解はできなかった。

けど、理性では察してしまう。

一人の人間と人類多数。

クローディアにとって大切だったのは、サイラス一人だけだった。

そのために彼女はついていったに過ぎない。

心から邪悪《じゃあく》に染まっているわけではない。

だからこそ、私は悔やんだ。

私はもっと、クローディアのことを知るべきだったのでは。

もっとできたことがあったのでは。

いつもそうだ。

私は後悔《こうかい》してばかりだった。

師匠を失い、親友を失い、全てを失った後で気が付く。

自分の道は本当に正しかったのかと。

「ベル……悔やまないで。あなたはいつだって、私の憧れだった」

「憧れ？」

涙《なみだ》が止まらない。

そんな中、クローディアはそんなことを言ってきた。

「ええ。誰よりも気高く、美しい剣士。きっとあなたなら、黄昏を打ち破れる。道を踏み外した私の代わりに、戦ってくれる？」

私はぎゅっとクローディアの手を握《にぎ》る。

「うん……私が終わらせる。だから、おやすみなさい。クローディア」

「ええ。ありがとう、ベル。間違い続けた人生だった。けれど、最後にベルに看取《みと》ってもらえて本当によかった。さようなら――世界」

力が抜《ぬ》けていく。

脈拍《みゃくはく》は徐々《じょじょ》に弱っていき、瞳孔《どうこう》も散大していく。

私はそっとクローディアの瞼《まぶた》を下ろす。

託された思い。

ずっとこれを繰《く》り返している。

死んでいった対魔師の無念を背負って私は進み続ける。
何度後悔《こうかい》しても、何度間違《まちが》っても、私は進む。
それが私にできる最大限のことだから。
人はどうして間違うのだろうか。
人は分かっていても、選択《せんたく》を誤ってしまう。
いや、きっとクローディアにとってそれは間違いなどではなかった。
それは本物だった。
だからこそ、彼女は止めることができなかった。
純粋《じゅんすい》が故《ゆえ》に、そちらの道に進んでしまった。
ねぇ、クローディア。
私はあなたのためにも戦い続けるよ。
この復讐《ふくしゅう》を果たし、黄昏という世界を終わらせる。
それこそが——私の剣士としての務めだから。

第五章　正義の行方《ゆくえ》

螺旋《らせん》階段を駆《か》け上がっていく。
この先にたどり着けば、聖域が見えてくる。
僕《ぼく》は感じ取っていた。
圧倒的《あっとうてき》な魔力がここまで漏《も》れ出していることを。
間違いない。
この先に、サイラスさんがいる。
そして僕は、ついに最上階まで辿り着いた。
「やはり、君だったか」
悠然《ゆうぜん》とサイラスさんが振り返ってくる。
聖域の前ではリアーヌ王女が宙に吊《つ》るされていた。
よく見ると、彼女の体からは魔力が漏れ出していた。
「サイラスさん……」

ついに邂逅《かいこう》することになった。

あの黄昏の地で別れてから、やっと追いつくことができた。

「ユリアくん。ここまで数々の障害があったが、君はそれを乗り越《こ》えてきた。まずはそれを祝福しよう」

「……」

サイラスさんはわざとらしく拍手《はくしゅ》を送ってくる。

それは純粋なものとは到底《とうてい》思えなかった。

「本来ならば、ベルが来る可能性も考えていたが」

「ベルさんは僕を先に行かせるために戦ってくれています」

「あぁ。なるほど。そういうことか。それにちょうど、クローディアもいるからね」

「クローディアさんはどうして……」

「ん？　まぁ、彼女も私の利用する駒《こま》の一つだよ」

「駒？」

「彼女は優秀《ゆうしゅう》な駒だったよ。しかし、もう必要はない」

僕はクローディアさんの言葉を思い出していた。

『ユリアくん。サイラスのことをお願いね』

その言葉の真意は分からない。

けれど、その声色《こわいろ》はとても優《やさ》しいものだった。

駒として利用されていた？

本当にそんなことを彼女は許容していたのか？

二人の関係性は分からないが、ともかく目の前にいる敵を僕が倒すしかない。

「さて、ついにここまできた。リアーヌ王女の力を使って、聖域を開き、結界都市を完全に私の手中に収める」

「そんなことはさせません」

「ふふ。ははは！　いや、君を見ていると昔の自分を思い出すよ。人の善性を信じていた、愚《おろ》かな自分のことを」

「愚か？　そんなことはありません。人は何度だってやり直せる。たとえ間違えたとしても、人はやり直すことができる」

「あぁ。聞こえのいい言葉だ。しかし、前回行ったようにこの主張は平行線に過ぎない」

サイラスさんはどこか遠くを見据《みす》えるように言葉を紡《つむ》ぐ。

まるで、独り言のように。

「だが、あの幻覚《げんかく》を突破《とっぱ》できたのは褒《ほ》めるべきだね」

「あれはあなたが……？」

「そうだ。その人間の記憶《きおく》をたどり、都合のいい世界を見せる。それを許容すれば、一生あの世界に閉ざされたまま。だが、君はそれも乗り越えている。ここにいる資格はあると認めようじゃないか」

「そんな資格はどうでもいいです。僕は——ただあなたを止めるために、ここに来た」

「そうか」

にこりと微笑《ほほえ》みを浮かべる。

一見すればいつものサイラスさんに思える。

しかし、時間はあまり残されていない。

「残り時間は、一時間。それまでに私を倒せば、君の勝利。倒せなければ、私の勝利。どうだい？　シンプルで分かりやすいゲームだろう？」

「ゲーム？　どうしてあなたは、そんなことが言えるんだ」

サイラスさんはことあるごとに、今回の戦いをゲームと表現してくる。

僕にはそれが、どうしても理解できなかった。

「単純なことさ。それくらいこの状況《じょうきょう》を楽しんでいるのさ」

「楽しむ？」

「あぁ。そうだよ。自分の夢が簡単に実現してはつまらない。大きな障害があってこそ、達成感が得られるというものだろう？」

不敵に微笑む。

あぁ。

そうか。

やっぱり、根本的に違《ちが》うのだ。

僕らは全く違う生き物だ。

平行線でしかないのは、確かにその通りだった。

サイラスさんのことは尊敬していた。

彼のおかげで僕はSランク対魔師《たいまし》になることができた。

その背中を追いかけ続けていた。

でも、もう……それも終わりだ。

僕がここで引導を渡《わた》す。

たとえ殺すことになったとしても。

「サイラスさん。決着をつけましょう」

「あぁ。そうだね。それがいい」

溢れ出るワイヤーの数々。

全てに魔力《まりょく》が込められていて、触れるだけで簡単に切り裂かれてしまう。

人類最強の英雄《えいゆう》。

僕はたった一人で挑《いど》む。

「一つ言っておこう」

僕はすでに臨戦態勢に入ってくる。

話をしながら攻撃してくる可能性もある。

決して油断はしない。

「私はすでに黄昏症候群《トワイライトシンドローム》を克服《こくふく》している。いうなれば、新しい人類なのだ」

サイラスさんは上着を脱《ぬ》いだ。

「それは……」

深く刻まれている黄昏《たそがれ》の刻印。

通常はいくつもの線が走っているのだが、サイラスさんの腕は完全に人の色をしていなかった。

完全に一体化している、というべきだろうか。

ともかく、彼から出ている魔力は尋常《じんじょう》ではなかった。

「では、人類の命運を賭《か》けた戦いを始めよう」
その言葉が合図だった。
僕は黄昏眼《トワイライトサイト》と黄昏刀剣《トワイライトブレード》を展開。
もちろん、もう出し惜《お》しみはしない。
ここに来るまでたくさんの人に協力してもらった。
外で未《いま》だに戦っているであろう対魔師のみんな。
他のＳランク対魔師の人たちも、結界都市を守るために戦っている。
シェリーがいなければ、万全《ばんぜん》の状態でここまで来ることはできなかった。
ベルさんがいなければ、こんなに早くここまで来れなかった。
そして、宙に吊るされているリアーヌ王女。
きっと、彼女も戦ってくれたに違いない。
今まで僕は、数多くの人たちに助けてもらってきた。
決して一人だけでは無理だった。
だから今度は、僕が助けるんだ。
幼い頃《ころ》から夢見てきた対魔師に——僕はなる。
人類を救うために、僕は戦う。

「はあああああ!!」

全開。

全ての力を完全に解放して僕は迫っていく。

「さて、お手並み拝見と行こうか」

溢れ出るワイヤーは次々と絡《から》み合って、近づいてくる。

触れるまではまだしも、捕《つか》まれば待っているのは死。

けれど、遠距離《えんきより》戦で戦うわけにはいかない。

勝利するためには絶対にサイラスさんの懐《ふところ》に潜《もぐ》り込む必要がある。

この戦いのために僕はずっと考えていた。

あのワイヤーにどう対処していくべきか。

中遠距離の戦いでは、こちらに分《ぶ》はない。

ならば自分の得意の距離を最大限に活《い》かすしかない。

今までの戦闘経験からして、超近接距離《クロスレンジ》ならば後《おく》れを取ることはないと、僕は確信を持っていた。

「……」

縦横無尽《じゆうおうむじん》に動くワイヤー。

魔力の込められたそれは、ただのワイヤーではない。

実際に、僕はただよく切れるワイヤーという認識《にんしき》しかないが、本当の効果がどのようなものなのかは知らない。

ここはしっかりと見極《みきわ》めていくべきだろう。

僕はまずは黄昏刀剣《トワイライトブレード》でワイヤーを切り裂いていく。

よし。

どうやら、切れ味そのものは僕の黄昏刀剣《トワイライトブレード》の方が上。

ただし、圧倒的な物量では負ける。

ワイヤーの数は百を超えている。

一方の僕はたった二本の剣。

それでも、負けるつもりは毛頭ない。

僕はなんとか距離を詰めていこうと、さらに加速していくが、相手も僕の考えなど分かっている。

加速しようとするタイミングでちょうどワイヤーがやってくる。

その対処に追われるので、加速しきれない。

このワイヤーの圧倒的な強みは手数の多さ。

僕が全力を出しても、一気にこれを切り裂くことはできない。

いや、黄昏大剣《トワイライトバスタード》を使えば話は別だが、アレは溜《た》めがいる。

この戦闘において使用できる、という希望的観測は捨てる。

「さて、私の領域を抜けることができるかな?」

「……まだ増やせるのか」

さらに増えていくワイヤー。

もうすでに見えている量を数えるのも馬鹿らしい。

僕は切り裂くことをやめて、距離を取ってサイラスさんの背後に回ろうと試みる。

これでどうにかなるとは思っていないが、まずはこのワイヤーの速度を見たい。

「ははは!　逃げ回るだけでは、どうにもならないよ。ユリアくん」

今はサイラスさんの言葉は無視する。

集中。

集中するんだ。

「スゥ――――ハァ――――」

分かった。

ワイヤーの速度は僕の全力よりも遅《おそ》いくらい。

これなら加速すれば一気に抜けることができるかもしれない。
僕は改めて黄昏刀剣《トワイライトブレード》を構える。
「雰囲気《ふんいき》が変わった、か」
流石《さすが》はサイラスさん。
僕が何かしようとしていると、勘《かん》づいたようだ。
ただ別に特別な策があるわけではない。
純粋にトップスピードで駆け抜けるだけ。
必要なのは、臆《おく》さない心。
多少の傷は受け入れる。
致命傷にならない範囲《はんい》で、駆け抜けていくしかないだろう。
「はあああああ!!」
ワイヤーの海とも言える世界が目の前に広がっている。
まだサイラスさんは一歩も動いていない。
僕の方が不利な状況ではあるが、ここで覆《くつがえ》してみせる。
加速する。
もっと、もっと加速する。

皮膚がワイヤーに触れると、そこが裂けていく。
でもそこは致命傷じゃない。
防御《ぼうぎょ》するのは致命傷になる攻撃だけだ。
肉を切らせて骨を断《た》つ。
その戦術をとらなければ、サイラスさんには勝てない。
そして僕はついに、先ほどよりも前に進むことができた。
サイラスさんの様子も窺《うかが》っているが、変化はない。
ただ淡々《たんたん》と僕の動きを分析《ぶんせき》しているようだった。
「――いける」
その確信が僕にはあった。
最低限のワイヤーだけを黄昏刀剣《トワイライトブレード》で切り裂く。
全身はすでに傷だらけ。
でもこの程度は問題ない。
ついに僕は超近接距離《クロスレンジ》へと突入《とつにゅう》。
その時、サイラスさんの顔色が少しだけ変わった。
「ここだッ‼」

流石にこの距離ではワイヤーよりも、僕の方が速い。

サイラスさんの袈裟《けさ》を裂《さ》くように、黄昏刀剣《トワイライトブレード》を振《ふ》った。

しかし、その攻撃は幾重《いくえ》にも重なったワイヤーに受け止められてしまう。

「うおおおおお!!」

まだ終わりではない。

さらに腕を振る。

相手のワイヤーごと切り裂くつもりで、僕は全力で黄昏刀剣《トワイライトブレード》を振った。

そして、ワイヤーを全て切り裂くと、サイラスさんの肩《かた》を捉えた。

深い傷ではないが、間違いなく出血している。

「ふむ。なるほど」

そう言ってから、さらに頭上からワイヤーが迫《せま》ってくるので、距離を取る。

流石に引き際は考えないといけない。

あのまま近距離《きんきより》に居続ければ、何か不味《まず》い。

そんな直感によって僕は後方へと下がった。

「悪くはない。戦闘センスもズバ抜けている」

「……」

「この短期間でよくぞここまで成長したものだ」

「僕はみんなのために強くなりました」

「あぁ。認めるとも。他者のために強くなるというのは、存外馬鹿にできない」

否定されると思ったが、サイラスさんは肯定《こうてい》してくる。

「だがそれは――弱き者の理屈《りくつ》でしかない」

気がつけば、肩の傷は徐々に再生しつつあった。

治癒魔法《ちゆまほう》が発動している兆候はない。

つまり、純粋な肉体性能だけで実現している。

もはやサイラスさんは、人間ではないのかもしれない。

逆に僕は治癒魔法を使えないし、先ほどの戦闘の傷は残っている。

滴《したた》る血液はまだ止まらない。

「他者に依存《いそん》することは、自己の限界を決めてしまう」

「だから孤独《こどく》がいいと？」

「そうだ」

「仲間はいなかったんですか？」

「いない」

「でも、クローディアさんは……」

戦闘中だというのに、僕は訊《き》きたかった。

あの場にいたクローディアさんは裏切り者だ。

サイラスさんのことも知っていたに違いない。

それに、今思い出してみると、何かとクローディアさんは僕に話しかけてくれていた。

Sランク対魔師になる時だって、上層部に呼ばれた時だって。

もしかすれば、何かを僕に伝えようとしていたのかもしれない。

そんなことを考えていた。

「言っただろう。彼女《かのじょ》は駒だったと」

「利用して捨てる。そんなことで、人がついてくるとでも?」

「ついてくるのではない。従わせるのだ。新しい世界で私が統治する世界では、二度と悲劇は起きない。完全に支配しなければ、人は罪を犯《おか》す」

「そんな世界で人は幸せにはなれない」

やはり、肯定はできない。

その世界はまるで暗黒郷《ディストピア》じゃないか。

人の感情などを無視した世界。

確かに、サイラスさんにとっては都合のいい世界かもしれない。

統治しやすく、罪を犯さない人々。

だが、それは人は幸せになれるのか？

「幸せ？　そんなものは、人には必要はない」

「そんな……」

「必要なのは私の駒となることだ」

「自分こそが王になると？」

「そうだ」

「それはあまりにも傲慢《ごうまん》だ」

この会話の中でも、僕らは機を窺っている。

互《たが》いに動いてはいないが、脳内では戦闘を続けている。

次にどんな攻撃《こうげき》が来るのか。

僕は常にサイラスさんの動きを捉えていた。

「傲慢？　王とはそういうものだ」

「……サイラスさん。あなたは絶対に、僕が倒す。そんな世界は実現しちゃいけない」

「ふふ。ははは！　そうだ！　いい目をするようになってきた。君にもしっかりと殺意という感情はあるようだ」

「……容赦《ようしゃ》はしません」

「いいとも。来るといい――ただし、次の段階に移行するとしようか」

溢れ出る魔力。

体に刻まれている黄昏の刻印は、徐々に変化していく。

それらは体に浸透《しんとう》していくと、全身が黄昏色に変化していく。

彼の両目もまた、金色に光《ひか》り輝《かがや》いていた。

もはや人の風貌《ふうぼう》ではない。

「さて、このレベルで戦うことができれば、私は君を生かすかもしれない。だからせいぜい、足掻《あが》いてくれたまえ」

刹那《せつな》。

僕の足元からワイヤーが出現。

ただし、その色は紫黒《しこく》に染まっていた。

もはやサイラスさんと一体化しているワイヤー。

彼は自由自在にそれを使いこなす。

先ほどとはレベルが違う。

僕はなんとか避《よ》けようとするが、ワイヤーは容赦なく腕《うで》に絡み付いてくる。

「くっ！」

苦痛の声を漏らして、ワイヤーを切断する。

ただし、肉まで深く食《く》い込《こ》んだそれはかなりのダメージになってしまった。

さらには——

「これは……」

攻撃を受けた箇所《かしょ》は黄昏の刻印が進んでいた。

「私の攻撃は、黄昏症候群《トワイライトシンドローム》を進める。さぁ、あとどれだけ持つかな？」

ニヤリと笑う。

黄昏症候群《トワイライトシンドローム》を進める？

僕はただでさえ、黄昏にいた期間が長い。

黄昏症候群《トワイライトシンドローム》がさらに進行していけば、僕は——死ぬ。

その予感が確かにあった。

「はぁ……はぁ……はぁ……」

サイラスさんは僕を弄《もてあそ》んでいた。

状況は最悪である。

発汗《はっかん》が激しい。
それに、眩暈《めまい》もする。
倒れていてもおかしくはない。
僕は今、最後の気力を振り絞《しぼ》って戦っていた。
「さぁ、逃《に》げるのが遅れると、死んでしまうよ」
右足をワイヤーに取られる。
肉に食い込む前にワイヤーを切断するが、そこが熱を持つ。
あのワイヤーに触れると、その箇所が熱を持つ。
そして、全身の黄昏の刻印が侵食《しんしょく》していく。
僕の黄昏症候群《トワイライトシンドローム》はさらに進んでいく。
もはや、人間の耐《た》えられる領域ではない。
それでも戦えているのは、みんなのためだった。
サイラスさんは、それを弱き者の理屈だと言った。
それは自己の限界を決めつけてしまう。
けど、僕は違うと思う。
他者がいなければ、僕はここまで来れない。

今の状態のまま、戦うことはできない。
自分の限界を超《こ》えて、戦っている。
それはやはり、みんなの想《おも》いを背負っているからだ。
それに生きている人だけではない。
死んでいった仲間の想いも僕は背負っている。
そう考えると、さらに力が湧《わ》いてくる。
そんな気がしたが……。
「はぁ……はぁ……はぁ……」
もう前もよく見えない。
霞《かす》んでいる世界。
黄昏眼《トワイライトサイト》で魔素を知覚する。
幸いなこと、ワイヤーは魔力がかなり込められている。
黄昏眼《トワイライトサイト》で知覚するのは容易だった。
それがなければ、もう僕は細切れにされただろう。
しかし、終わりは唐突《とうとつ》にやってくる。
「あ……」

体がついてこない。

僕はついに地面に転がってしまう。

受身を取ることもできず、無様《ぶざま》なままに。

「ぐ……が……あぁ」

言葉もしっかりと発することはできない。

身体中《からだじゅう》が熱い。

さっきまではまだ戦えると思っていたが、精神ではなく先に肉体の限界がきてしまったのだ。

「はぁ……はぁ……」

立ちあがろうとする。

黄昏刀剣《トワイライトブレード》を杖《つえ》のかわりにして、体を起こす。

しかしもう……肉体はいうことを聞いてくれない。

僕はその場にぐしゃっと崩《くず》れてしまう。

何度も繰り返すが、肉体はすでに終わりを迎《むか》えていた。

コツコツと足音が聞こえてくる。

「これが最期《さいご》か。なんという無様な最期。しかし、私はそれも許容しよう。君の戦いを認めよう。最後まで足掻いて戦った。それだけでも、もう十分だろう」

「僕は……僕はまだ……」

「終わりだよ。さようなら、ユリアくん」

「あ……」

一本のワイヤーが心臓を貫通《かんつう》していた。

溢《あふ》れ出す血液。

さらには、心臓を中心として黄昏の刻印が広がっていく。

僕の体は完全に黄昏に侵《おか》されてしまった。

終わり。

体の力がゆっくりと抜けていく。

コツコツと足音が遠のいていく。

同時に僕の意識も遠のいていく。

これが死ぬということか。

僕は死んでしまったのか。

気がつけば、真っ白な世界に立っていた。

「ここは……」

死んでいる。

その感覚は残っていた。

だが、意識ははっきりと残っている。

それだけは間違《まちが》いなかった。

「ユリアさん」

「……リアーヌ王女？」

視線の先にはリアーヌ王女が立っていた。

「ここは……死後の世界ですか？」

「いいえ。ここは聖域の狭間《はざま》です」

「聖域の狭間？」

「はい。人間の肉体ではなく、精神のみが存在する世界」

「そんな場所が……」

「結界都市の結界は、実は人々の力を借りてできているのです。膨大《ぼうだい》な魔力を維持《いじ》するためには、人の力が必要ですから」

「そう……だったんですか」

「はい。これは公然にはできない機密です。ここは現実と聖域の間の空間。そこには、人の意識が介在《かいざい》しています」

リアーヌ王女の話は全く聞いたことのないものだった。

おそらくは、王族が秘匿《ひとく》している事実なのだろう。

「意識が？」

「ええ。聖域は魔力を取り込む前に、同時に意識も回収しています」

「つまりここには、人の意識が集まっていると？」

「そうですね。ただし、それを見ることは普通《ふつう》はできません。しかし——」

リアーヌ王女はくるっとその場で翻《ひるがえ》る。

「私の力があれば、見ることができます」

「もしかして、僕に何か見せたいものが？」

「サイラスの過去です」

「サイラスさんの？」

「はい。ユリアさんはまだ死んでいません。あなたは、適応しつつある段階です。これはサイラスも通ったからこそ、それを知っておくのは有用でしょう？　その際に彼《かれ》の記憶も覗《のぞ》くことになりますが」

「……分かりました。まだ戦えるというのなら、僕は進みます」

「あなたはやはり、とても強い人ですね」

にこりと笑ったのち、僕の脳内にはイメージが流れてきた。

サイラスさんがどうして今のようになったのか。

彼も昔はしっかりとした目標を持った対魔師だった。

ただ、ある日を境に変わってしまう。

大切な家族を——妹を失ってしまった。

そこから彼は粛清《しゅくせい》を始める。

そして、二度とこのような悲劇を起こさないために、計画を立てる。

全てが邪悪《じゃあく》だったわけではない。

サイラスさんは自分なりの正義を実行しようとしている。

僕らには過激な思想に思えても、サイラスさんの中ではそれは本当の理想の世界だったんだ。

そして、サイラスさんは黄昏の刻印を一体化する。

苦しんでいる様子はあったが、それを許容していた。

許容する。

そうだ。

僕《ぼく》はさっき、全てを否定していた。

この刻印は悪であり、広がってはいけない。

そう思《おも》い込んでいた。

「ユリアさん」

「……全て見ました」

「そうですか。サイラスをどうか、終わらせてください」

「はい」

「彼の妹のアリサさんはそんな世界を望んではいません」

「もしかして、それも見たのですか？」

「はい。人の意識はまだここに残っていますから。死後は消える人がほとんどですが、残っているものもあるのです」

「なるほど……」

「彼を止めることができるのは、ユリアさんしかいません」

「はい」

「大丈夫《だいじょうぶ》ですか？」

「そうですね。僕はまだ進むことができます」

と、その瞬間《しゅんかん》。

リアーヌ王女が僕の胸に飛び込んでくる。

「正直、心配です」

「僕が勝てないと？」

「そうではありません。黄昏症候群《トワイライトシンドローム》のその先。あなたは、そこに至ろうとしています」

「黄昏症候群《トワイライトシンドローム》のその先……」

「分かっていると思いますが、それは人間よりも魔族《まぞく》に近い力です。覚醒《かくせい》したのちに、あなたは我を失ってしまうかもしれない。どんな副作用が出るのか、全く分からないブラックボックスなのです」

「それでも……先に進まないと」

僕の意識はすでに、次の戦いのことを考えていた。

「そう、ですよね。あなたはそういう人です」

「はい。だから、行ってきます」

そっと、リアーヌ王女から距離《きょり》を取る。

彼女は僕に手を伸《の》ばしてきたが、それをグッと堪《こら》える。

リアーヌ王女も思うところがあるだろう。

僕だって葛藤《かっとう》はある。

けれど、僕にしかできないのなら、やるしかない。

「サイラスさんは他者のために戦うのは、弱き者の理屈だと言っていました」

「はい」

リアーヌ王女は僕の話を真剣《しんけん》に聞いてくれる。

「でも、やっぱり違うと思います」

「そうですね」

「はい。だって僕は、自分のためだけに戦うのなら、もう諦《あきら》めています」

「それはあまり信じられませんけど」

「いや、本心ですよ。僕はそこまで立派な人間じゃありません。自分に負けることは何度だってあった。それでも進めるのは、みんながいたから。リアーヌ王女も僕の力になっています」

「……ユリアさん」

そっと頬《ほお》に感触《かんしょく》が残った。

それはキスだった。

「リアーヌ王女……」

「絶対に勝ってください」

「はい」

「そして、無事に帰って来てください」

「はい」

「信じていますから」

僕の手を力強く握《にぎ》ってくる。

それだけで十分な力が湧いてきた。

そうだ。

僕はまだ戦える。

この身が完全に朽《く》ちるその時まで、僕は進んでいこう。

いつか、黄昏を切り裂く光になると誓《ちか》ったのだから。

「では、行ってらっしゃい」

「はい。行って来ます」

その際、僕はあり得ない景色を目にする。

今まで関わって来た人たち。
みんなが立っている光景が見えた。
みんな笑って、僕のことを送り出してくれている。
これは幻覚《げんかく》なのか？
それとも、聖域が見せている夢なのか？
ここは意識が集まる空間。
本物ではないが、偽物《にせもの》でもない。
そうだ。
僕には仲間がいる。
だからいつだって進んでいける。
僕の意識は再び、現実へと戻《もど》っていく。

ドクン。
ドクン。
ドクン。

心臓が高鳴る。
出血は全て停止する。
体の痛みも完全に消えていく。
立ち上がる。
ゆっくりと自分の感覚を確認《かくにん》するように。
僕は歩みを進めているサイラスさんを見つめる。
「……あり得ない。まさか――」
彼は目を見開き、驚愕《きょうがく》の表情を浮《う》かべる。
今までは常に余裕《よゆう》を持っていたが、それは全くない。
右手に黄昏刀剣《トワイライトブレード》を展開。
僕はゆっくりとそれを振った。
「は……？」
サイラスさんの腕を切り裂いた。
斬撃を飛ばす。
今まではできなかったことが、できるようになっていた。
圧倒的《あっとうてき》な魔力《まりょく》に覆《おお》われた黄昏刀剣《トワイライトブレード》。

自分の体も、以前の倍以上の魔力で溢れている。

黄昏《たそがれ》の刻印はもうない。

それらは全て自分と一体化した。

全てを許容する。

この黄昏は悪ではなく、善でもない。

ただ、ここにある現象として受け入れると、自然と力が湧いてきた。

「まさか、ここに来て覚醒だと……!?」

「サイラスさん。妹のアリサさんは、あなたの作る世界なんて望んでいません」

「……どうして、アリサのことを？」

「現実と聖域の狭間。意識の集まる世界で、リアーヌ王女に教えてもらいました。あなたの過去も見てきた」

「ふ、ふふ……まさかそんな場所があるとは。しかし！　私は！　こんなところで止まるわけにはいかない！　たとえアリサが望んでいないとしても、私はもう止まることはできないのだッ!!」

展開されるワイヤーの海。

それは僕を完全に包《つつ》み込んでいく。

先ほどの比ではない。

サイラスさんは確実に僕を殺すつもりで攻撃している。

「これで——終わりだッ!!」

包み込んだワイヤーを一気に圧縮。

さっきまでの僕なら、このまま死体に成り下がっていただろう。

だが、僕は悠然《ゆうぜん》と黄昏刀剣《トワイライトブレード》で一閃《いっせん》。

あれほど苦労していたワイヤーは、一気に切り裂かれていった。

「くっ……！　私はまだ、負けるわけにはいかない。うおおおおおおおおおおおおおおおお!!」

僕はゆっくりと歩みを進める。

まだ体の感覚に慣れていない。

けど、黄昏刀剣《トワイライトブレード》を振るだけであらゆる攻撃を無効化していく。

放たれる斬撃も確実にサイラスさんを追い詰《つ》めていく。

形勢は逆転。

彼は焦《あせ》っている表情を浮かべている。

「まさか、まさか、まさか、まさか！　私の攻撃が覚醒を促《うなが》したというのか!!」

その事実は確かにあった。

サイラスさんの攻撃を受けていなければ、僕はこの状態に至ることはなかった。

自分の力を、その本質を理解する。

黄昏に起因した力は、まだ本領ではなかった。

僕は通常の黄昏眼《トワイライトサイト》よりも深い世界を見ていた。

サイラスさんの動きも手に取るように分かる。

「来るな、来るなああああああ!!」

もう、終わりにしよう。

それが僕の役目だ。

右手に黄昏大剣《トワイライトバスタード》を展開。

今までは溜めの時間と両手で持つことが条件だったが、それも必要ない。

瞬時《しゅんじ》に展開し、片手でそれを持つ。

「覚醒したとしても、条件は同じはずだ！　しかしこれはまるで――」

「サイラスさん。今度こそ、終わりにしましょう」

「うおおおおおおおお!!」

幾千ものワイヤーが襲《おそ》いかかってくる。

間違いなく全力ではなっているであろう攻撃。
ただ僕は、黄昏大剣《トワイライトバスタード》を振るう。
いつもの所作を繰《く》り返すだけだ。
「これで——終わりです」
放たれた僕の斬撃は、全てを切り裂いていく。
幾千のワイヤーなど、サイラスさんが防御する魔力など関係ない。
純粋《じゅんすい》に全てを切り裂く。
そして、放たれた斬撃はサイラスさんの右肩《みぎかた》を深く切り裂いていった。
「が……は……っ‼」
鮮血《せんけつ》が舞《ま》う。
勝敗は決した。
サイラスさんはその場に倒《たお》れ込んでいく。
「はぁ……はぁ……まだ、まだ……」
先ほどとは状況《じょうきょう》が逆転していた。
だが、サイラスさんの傷はあまりにも深すぎる。
すぐに再生もできないようで、地面に倒れ込んでいる。

「もう、いいんですよ」

「私は……まだ」

「これ以上、無理をしなくてもいい」

「私は……もう、終わっていいのか？」

「はい」

ヒューヒューと喉《のど》が鳴る。

鮮血はさらに広がっていく。

もう長くはない。

僕は人を殺した。

今までお世話になった人を殺した。

その事実は、その罪は、一生背負っていく。

サイラスさんは立ち上がることをやめた。

そして、どこか遠くを見据《みす》える。

「分かっていた……私の理想の世界はどこかで潰《つい》えると」

「……」

僕は黙《だま》って話を聞く。

きっとこれは、僕に話しかけているわけではないのかもしれない。

「だが、止めることはできなかった。アリサのために復讐《ふくしゅう》したその日から、その罪を正当化するために私は進んできた」

「……そうだったんですか」

止まることはできなかった。

彼はそう言った。

でもやっと止めることができた。

その安堵感《あんどかん》が声色《こわいろ》から漏《も》れ出していた。

「アリサのため、人類のため。孤独に進んできた私こそが、本当は他者に依存していたのだ。全ての原因を他者に委ね、向き合うことを拒絶《きょぜつ》していた。今になって、そのことがよく分かる。はは。本当にどれだけ自分が愚《おろ》かだったのか。今更《いまさら》になって、気がついてしまうとは。本当に私は……愚か者《もの》だ」

「サイラスさん……」

流れ出る血液はさらに勢いを増していく。

もう時間はあまり残っていない。

「私が残した研究が家にある。それを君に託《たく》そう」

「分かりました」

「これは正義の所在を問う戦いだった。いや、もとより私の正義など薄《うす》っぺらいものだった。ユリアくん……君の正義こそが正しかった」

「僕はただ前に進むだけです」

「あぁ。そうだ。正義とは、後からついてくるものだとも」

「はい。そう信じて僕は進みます。きっと、青空にたどり着けると信じて」

「そうだな……私の間違いは、君ほど強くなかったこと。自分の復讐心《ふくしゅうしん》に支配されてしまったこと」

「サイラスさん。後の世界は任せてください」

「そうしよう……あぁ。見えるよ、綺麗《きれい》な青空が」

「とても綺麗な青空ですね」

「あ……あぁ……あ、り……さ。私は――」

だらりと体から力が抜《ぬ》けていく。

脈拍《みゃくはく》は徐々《じょじょ》に落ちていき、完全に停止。

瞳孔《どうこう》もゆっくりと散大していく。

終わった。

人類の命運をかけた戦いは、決着した。

サイラスさんを倒すことで、僕はたくさんのことを守ることができた。

しかし、失うものもたくさんあった。

戦うことでしか分かり合うことができなかった。

だが、本当にこの選択《せんたく》が正しかったのか。

僕はまだ自分の正しさに自信がない。

「ユリアさん」

後ろを振《ふ》り向くと、リアーヌ王女が近寄ってきていた。

「リアーヌ王女」

「どうやら、力はずっと維持できるものではないのですね。良かったです」

「……そうみたいですね」

体に徐々に黄昏の刻印が戻ってくる。

魔力も通常の総量になるのを僕は感じる。

どうやら、覚醒するのをずっと維持できるわけではないようだ。

「サイラスは……逝《い》きましたか」

「はい」

「彼の蛮行《ばんこう》は全てが否定できるものではない。その罪は確かにありますが、彼のような存在が出てくるのは時間の問題だった。私は外側だけではなく、内側のことも見つめないといけないのかもしれません」

「はい。僕もそう思います」

終わりを迎えた戦い。

達成感はなかった。

ただ、終わったという安堵感とこれからのことを考えていた。

「ユリアさん。サイラスが死んだことで、きっと結界都市の情勢は大きく変わることになります。上層部も動かざるを得ないでしょう」

「何か動くのですか？」

リアーヌ王女の目は覚悟《かくご》を決めたものだった。

「はい。私たちも変わる必要がある。サイラスを肯定《こうてい》するわけではないですが、私たちはこのままではいけません」

「ですね」

「だから、ユリアさんも私と一緒《いっしょ》に進んでくれますか？」

「もちろんです」

「良かったです」

瞬間。

自分の体から力が抜けていく。

「大丈夫ですか……⁉」

「あはは……少し、眠《ねむ》くて」

「そうですか」

「はい」

「ユリアさん。あなたは真の英雄《えいゆう》です。人類を救ってくれて、ありがとう。全てを背負ってくれてありがとう。だから今は、ゆっくりとおやすみなさい」

「はい……お言葉に、甘《あま》えて……」

僕はゆっくりと自分の意識を手放していく。

今までの疲《つか》れを全て癒《いや》すかのように。

眠りに入っていく。

きっと次に目が覚めた時は、大きく変わっているのかもしれない。

これは終わりではない。

まだ、始まりに過ぎないのだから。

でも今は――

今だけは、少しだけ休もう。

戦いは終わりを告げた。

ただし、まだ黄昏との戦いは終わっていない。

僕は進む。

確かな意志を――サイラスさんの想いも背負って。

◇

「兄さん」

「アリサ？」

私は死んだ。

間違いなく、敗北した。

自分の罪を自覚して、全てが間違いだったと知って、意識を手放した。

　だが、ここは……。

　これはおそらく、ユリアくんが言っていた意識の空間なのかもしれない。

「兄さん。私は兄さんが側にいるだけで良かった」

「そうか……」

「うん。だから、これからはずっと一緒にいよう？」

「あぁ。そうだな」

　今になってハッキリとアリサの顔を思い出すことができた。

　あの日からずっと私は家族の顔も、死んでいった仲間の顔もハッキリと思い出すことができなくなっていた。

　しかし、今になって思い出すことができた。

「兄さんはもう、頑張《がんば》らなくていいよ」

「本当にそうだろうか？」

「うん。だって、残していったものがあるでしょう？　兄さんは誰《だれ》よりも仲間思いだったから」

　対魔師《たいまし》の育成。

　私の世界を実現するために、次世代の対魔師の育成には力を入れていた。

私はただ、優《やさ》しい世界を作りたかった。
アリサのためだけではない。
人々にとって平和な世界を。
私は復讐心に支配されて間違ってしまったが、そうか。
確かに残っていたものも、あったのだ。
「さ、行こう。兄さん」
「あぁ。行こうか」
ゆっくりと歩みを進める。
アリサの手を取って、私は進んでいく。
そうだ。
対魔師たちが残っている。
私などとは比《ひ》較《かく》にならない、本当の正義を持った人たちが。
ユリアくん。
君は私のようにはならないだろう。
孤独《こどく》な私とは違《ちが》って、君には仲間がいる。
他者に依存《いそん》することを、私は弱き者の理屈《りくつ》だと言った。

だがそれは自分を正当化するためのものだった。

人間は他者なしには成り立たない。

人々はそうやって、ここまで生きてきたのだから。

クローディアを駒《こま》と言って、他の人間も駒と認識《にんしき》していたのは、馴《な》れ合うことで失うのが怖《こわ》かったからだ。

きっと、クローディアはそんな私のことも分かっていたのだろう。

「ユリアくん。あとは任せたよ」

真っ白な空間に消えていく。

意識が溶《と》けていくようになくなっていく。

消えていく最中、アリサの笑顔《えがお》が見えた。

私はもう一度この笑顔を見るために、進んできたのだった。

やっと、そんな当たり前のことを思い出すことができた。

さらば、世界。

「サイラスさん」

「クローディア?」

消えていく最中、クローディアが目の前に現れた。

「私も一緒に行くよ」

「私は君に……なんてことを……」

「ううん。全ては私の意志だったから。私はあなたのために、生きていただけだから」

「あぁ……そうだったのか」

涙《なみだ》を流す。

今更になって、私は気がついた。

そうだ。

私はもう、持っていたのだ。

自分にとって大切なものを。

「さ、行きましょう」

「あぁ」

消えていく。

今度こそ確かに、意識は溶けていく。

ユリアくん。

君ならばきっと、青空にたどり着くことができる。

私はそう――信じているよ。

第六章　未来への軌跡《きせき》

「なぁ、アウリール」

「なんでしょうか。アルフレッドさん」

七魔《しちま》征皇《せいこう》の二人。

彼らは結界都市を後にしていた。

「本当に良かったのか？」

「ええ。ユリア＝カーティスの覚醒。必要なのはそれだけですから」

「だが、こっちは二人失ったぜ？」

「あの二人は些事《さじ》です。必要な分は数で補填《ほてん》します」

「それだけ、あいつの覚醒に価値があったと？」

「はい。それにこちらの情報の詳細《しょうさい》を知っている人間は、もういません。確実に、私たちの方が有利になりました」

「そうかよ。ま、俺《おれ》は強い剣士《けんし》と戦うことができれば、それでいいからな」

「次も期待していますよ。ベルティーナ＝ライトはあなたに任せます」

「ははは！　任せておけ」

全てはアウリールの手のひらの上だった。

そのことを知る者はいない。

サイラスの計画は、そもそも成功しない。

なぜならば、ユリアがそれを阻止《そし》すると確信していたからだ。

彼にとって一連の出来事は始まりに過ぎなかった。

「さて、戻ったら会議をしましょう」

「あー。俺、会議って嫌《きら》いなんだよな」

「発言はしなくてもいいです。情報を共有することが重要なのです」

「そうかよ」

「はい」

二人はそのまま、黄昏の奥深《おくふか》くへと消えていくのだった。

◇

「う……」

目が覚める。

ふと天井《てんじょう》を見ると、それは見慣れた病院のものだった。

「ユリア？」

「先輩《せんぱい》……？」

隣《となり》にはエイラ先輩が座《すわ》っていた。

いつか見た光景と同じだったけど、今は状況が違う。

僕はサイラスさんを討《う》った。

その事実は依然《いぜん》として、僕の心に残り続けている。

「良かった。目が覚めたのね」

「はい。その……どうなりましたか？」

「サイラスとクローディアが死亡したわ」

「クローディアさんも？」

「サイラスはユリアが倒した。それは、リアーヌから聞いているわ。ただクローディアは七魔征皇の一人にやられたらしい。そう、ベルが言っていたわ」

「そう……ですか」

クローディアさんとはあれっきりだった。

サイラスさんのことを任せた、という言葉を受け取っただけ。

結局、僕《ぼく》はその真意を知ることはなかった。

ふと、窓越《まどご》しに外を見つめる。

今日もまた世界は黄昏色に染まっていた。

終わった。

ただ、その実感はまだなんとなくだった。

改めて自分の体を確認してみる。

覚醒した時のようにはなっていない。

前と同じように、体には黄昏の刻印が刻まれていた。

「ユリア。ありがとう」

「いえ、僕は当然のことを……したまでです」

「それでもよ。誰かが背負うべきだった。それがユリアになるなんて、先輩失格かもね」

「そんなことは――」

「ま、これは私の愚痴《ぐち》よ。気にしないで」

「……はい」

今回の戦いは多くの傷跡《きずあと》を残した。

僕らSランク対魔師も今のままではいけないのだろう。

「先輩。シェリーは？」

「近くの病室よ。意識はあるわ」

「そうですか。じゃあ、顔を見に行きます」

「大丈夫《だいじょうぶ》なの？」

「はい。歩くくらいでしたら」

僕はベッドから抜けて立ち上がる。

「じゃあ、私は帰るわね」

「一緒に来ないんですか？」

「私はもう会話してるしね」

「そうですか」

「じゃあユリア。またね」

「はい」

そして僕は一人で、シェリーの元へと向かうのだった。


病院の廊下《ろうか》を歩く。

今回の戦いで負傷した人はそれなりにいたようだ。

死者も出なかったわけではないだろう……。

この消毒液の匂《にお》いに満たされた場所にいると、そのことを実感してしまう。

シェリーの部屋をノックする。

「どちら様ですか？」

「僕だよ、シェリー」

「ユリア？　入っていいわよ」

「うん」

室内に入るとシェリーがいた。

ベッドで上半身だけを起こして、読書をしていたようだ。

「目が覚めたのね。良かったわ」

「さっきね」

「さっき？　大丈夫なの？」

「体は問題ないよ。それよりもシェリーは？」

「私も大丈夫よ。ただ――」

シェリーは自分の髪《かみ》に触《ふ》れる。

そう。

以前のような髪型《かみがた》ではなくなっていた。

あの戦闘《せんとう》によってシェリーは髪の一部が燃えてしまった。

そのこともあって、髪を切り揃《そろ》えていた。

胸まであった髪は、肩《かた》くらいになっている。

「髪がちょっと、短くなったくらいね」

「よく似合っているよ」

心から出た言葉だった。

シェリーはどんな髪型でも似合う。

その確信が僕にはあった。

「そうかしら？」

「うん」

「そっか。それなら、良かった」

しばしの沈黙《ちんもく》。

シェリーは靡《なび》く髪を軽く押さえて、外を見つめていた。

「ユリアが倒したのよね」

「うん」

「先生に色々と聞いたわ。できることなら、私も一緒にそこまで行きたかった」

「でも、シェリーのおかげで僕は力を温存することができた。本当に感謝しかないよ。もしシェリーがいなかったら、僕は負けていたかもしれない」

同情や慰《なぐさ》めではない。

事実として、サイラスさんと戦う力が残っていたのはシェリーのおかげだった。

死ぬかもしれない。

今回の戦いは確実に死闘《しとう》だった。

そうなると分かった上で、一緒についてきてくれた。

そのことには本当に頭が上がらない。

怖かったはずだ。

逃《に》げたかったはずだ。

それでも、シェリーは最後まで戦ったのだ。

「……やっと、ユリアの力になれたのね」

「うん」

「嬉《うれ》しい。でも、まだ戦いは続く。そうでしょう？」

「そうだね。きっと、人類は大きく変わらないといけないのかもしれない」

「変わる、ね。ねぇ、Sランク対魔師の話は聞いた？」

「ん？　なんのこと？」

「再編成だって」

「再編成……」

今回の件で、Sランク対魔師を二人失った。

それも単純に魔物《まもの》に討伐《とうばつ》されたわけではない。

中でも、サイラスさんという人類の象徴《しょうちょう》を失ったのは大きい。

いずれ公表されるだろうが、僕らも変わるしかないということか。

「もしかしたら、ユリアが序列一位になるかもね？」

「いや、それは流石《さすが》に。順当にベルさんだと思うけど」

「ふふ。そうかしら？」

シェリーはくすくすと笑《え》みを浮《う》かべる。

まるで、僕の反応を楽しんでいるようだった。

二人でそんな話をしていると、ノックの音が室内に響《ひび》いた。

「やっほ〜！　お見舞《みま》いに来たよー！　って、ユリアもいるじゃん！　目が覚めたの！　びっくりだよ！」

やってきたのはソフィアだった。

ソフィアとは王城の前で別れたきりだった。

どうやら、無事に生き残っていたようだ。

「うん。さっき目が覚めてね」

「そっか〜。なかなか目が覚めないから、心配してたよ〜」

ソフィアは勢いよく近寄ってくると、僕のことをぎゅっと抱《だ》きしめてくる。

「……ちょっと、ソフィア。ユリアは病《や》み上がりなのよ？」

「あ、ごめんごめん。あはは」

パッとソフィアが離《はな》れる。

僕も苦笑いを浮かべるしかなかった。

「ユリアは今回も大活躍《だいかつやく》だったらしいね！」

「まぁ、そうだね」

ソフィアは裏切り者の件を知らない。

シェリーと視線が合う。

互《たが》いに分かっている。

今回の件を話すべきではないと。

隠《かく》し事《ごと》は好きではないけれど、これればかりは仕方がなかった。

それから三人で談笑《だんしょう》をして、解散することになった。

僕は一人で病室に戻《もど》る。

真っ暗な部屋。

就寝《しゅうしん》時間になって、僕は天井をじっと見つめていた。

いつもはすぐに寝《ね》ることができるのだが、今は寝ることができなかった。

脳内で巡《めぐ》る最後の戦い。

サイラスさんの感触《かんしょく》は確かに残っている。

今回の件で、僕が殺人という罪に問われることはない。

そのことは分かっていた。

むしろ、再び表彰式《ひょうしょうしき》があるという話だ。

以前は普通《ふつう》に出席していたけれど、今回は迷っている。

いや——きっと、今回は出席しないだろう。

それだけサイラスさんとの戦いは、心に残っている。

僕は正しかったのか。

それとも、間違《まちが》っているのか。

サイラスさんは最後、僕の正義が正しいと言った。

けどそれは、この先の未来で変わってしまうかもしれない。

自分がどんな未来を歩んでいくのか。

そんなことばかりを、考えてしまう夜だった。


翌日。

改めて検査した僕は異常なしということで、退院することになった。

それと同時に、ある通達が入ることに。

「ユリアくん」

「ベルさん。どうも」

病院を出ていくと、外で待っていたのはベルさんだった。

いつものように、淡々《たんたん》とした表情をしている。

「一応連絡《れんらく》だけど、葬式《そうしき》があるの」

「葬式……ですか」

「出席する？」

「します」

躊躇《ちゆうちよ》はなかった。

誰の葬式なのか、というのはすぐに分かった。

他の対魔師の葬式も行われているだろうが、今回はサイラスさんとクローディアさんのことに違いない。

「そう……今回はＳランク対魔師と上層部だけが出席するから」

「情報統制は大丈夫なんですか？」

「うん。そこはしっかりとしているから。公表されるのは、もう少し先になると思うけど」

「そうですか」

僕はベルさんから葬式の行われる日時と場所を聞いた。

葬式、か。

経験がないわけではないが、今回のものは一番思うところがあった。

そして、葬式当日。

厳《おごそ》かな雰囲気《ふんいき》の中、開始された。

Sランク対魔師たちは全員出席していた。

二つの棺桶《かんおけ》に入っているその姿。

何度も見た二人の姿だった。

真っ白な花を添《そ》える。

僕の番になってきて、そっと花を添える。

サイラスさん。

クローディアさん。

二人は一体、どんな思いで戦ってきたのだろうか。

サイラスさんの記憶《きおく》は辿《たど》ったけど、感情までは分からない。

「おう、ユリア」

「ギルさん」

「今回の件、すまなかったな」

「そんなことは……」

「感謝しているが、これは俺たち大人が背負う役目だった」

「いえ、僕も覚悟してのことでしたから」

「そうか。お前は強いな」

「……そうですね。これからも強く在ろうとは思っています」

ふと視線の先に、リアーヌ王女の姿が入った。

「ユリアさん。もう、大丈夫なのですか？」

「はい」

棺桶が移動し、墓地に埋《う》められることになった。

そんな中、僕はリアーヌ王女と会話をする。

「無事に終わったようで良かったです」

「そうですね」

「王族も今回の件には責任があります」

「いえ、これは……」

否定しようとするが、リアーヌ王女は首を横に振る。

「王族は飾《かざ》りのような存在でした。もちろん、私はそうではないと思って活動してきました。でも心のどこかで、形骸化《けいがいか》した王族の役目を許容していました」

「なるほど……」

「だから、私たちも変わらないといけません」

「はい」

二人の棺桶が埋まっていくのを、僕らはじっと見つめる。

ちらっと横を見ると、リアーヌ王女は静かに涙を流していた。

エイラ先輩も、他の対魔師たちも泣いている人がいた。

そうだ。

僕らはみんな彼《かれ》らを憎《にく》んでいたわけではない。

こんな結末になってしまったけど、確かに過ごした日々は本物だったのだから。

そして、葬式が終了《しゅうりょう》した。

「ユリア」

「先輩」

「ちょっと時間あるかしら？」

「はい。ありますけど」

「じゃあ、ついてきて」

「分かりました」

エイラ先輩についていくと、向かう先は路地裏にある喫茶店《きっさてん》だった。

「ご飯、ちゃんとしたの食べてないでしょ？　今日は私の奢《おご》りよ」

「いいんですか？」

「ええ。いいわよ」

「では、お言葉に甘えて」

今までの戦いを経て、ほとんど何も口にしていなかった。

昨日も家に帰ってからは軽食しか口にしていない。

僕らは喪服《もふく》のまま、喫茶店で注文をする。

今はなぜだか、食欲があった。

「では、僕はオムライスで」

「私もそうしようかしら」

注文をしてから、僕らは黙《だま》ってしまう。

葬式の後ということもあるが、どんな話をしていいのか。

僕には分からなかった。

「クローディアは私のことをよく気にかけてくれていたわ」

「……」

先輩はゆっくりと口を開いた。

「何かとからかってくるから、鬱陶《うっとう》しいと思っていたけれど……いなくなると、なんだか寂《さび》しいわね」

「そう……ですね」

「サイラスのことは尊敬していたわ。それでも、あそこまで歪《ゆが》んでしまったのはやはり、わたしたちにも原因があったのかもしれない。対魔師は確かに人々のために戦っている。けれど、真面目ではない対魔師も存在しているのは事実だから」

「それは僕も思っていました」

上の対魔師になればなるほど、過酷《かこく》な世界で戦うので、真面目に取り組まないと死んでしまう。

ただし、下の対魔師はあまり外には出ない。

それで気が緩《ゆる》んでしまうのも、無理はなかった。

「旧態依然《きゅうたいいぜん》としていた体制。サイラスが変えたいと思ったのは、おかしなことじゃない。もちろん、手段は最悪だったけれど……」

「サイラスさんの世界は実現してはいけない。でも、サイラスさんも分かっていたと言っていました」

「分かっていた？」

この話をするのは、先輩が初めてだった。

「自分の理想の世界を実現するのは、無理だと。これはいつか潰《つい》えると分かっていた。けれど、妹さんのために復讐《ふくしゅう》をした時から、止めることはできなかったと」

「そう……もう、引くことができないところまで、来てしまっていたのね」

「はい。サイラスさんは最後に、僕たちなら青空にたどり着くことができると。そう、言っていました」

「そうね。まだ、戦いは終わっていない。むしろ、ここからが本当の始まりってところかしら？」

そう話をしていると、ちょうどオムライスが運ばれてきた。

「食べましょうか」

「はい」

久しぶりにちゃんとした食事を取った。

改めてとても美味《おい》しいと思った。

こんな当たり前のことがとても幸せであると噛《か》み締《し》める。

僕はサイラスさんのことを話して、少しだけ楽になっていた。

先輩も葬式中は硬《かた》い表情をしていたが、今は柔《やわ》らかいものになっている。

互いに心に傷は残っているが、決して悲観はしていなかった。

先輩はもしかしたら、僕のことを心配してくれていたのかもしれない。

去り際《ぎわ》。

先輩にそのことを聞いてみた。

すると――

「当たり前じゃない。私はユリアの先輩よ？」

「そうですか。ふふ」

「なんで笑っているのよ」

ちょっとだけ頬《ほお》を膨《ふく》らませて、抗議《こうぎ》の視線を向けてくる。

なんだか、先輩のそんな姿がとても可愛《かわい》らしいと思ってしまったのだ。

「すみません。先輩が少し、可愛らしいと思って」

「かわっ――⁉　もう、からかわないでよね！」

先輩は顔を真っ赤にして、僕のことを追いかけてくる。

僕は笑いながら、先輩から走って逃げていく。

そうだ。

こんな日常を守るために、僕らはきっとこの先も戦っていくんだろう。
いつか——この黄昏《たそがれ》の世界を終わらせるために。

エピローグ　背負った先に

僕はリアーヌ王女の私室へと呼ばれていた。

王城では復興のための工事が少しだけ入っている。

第一結界都市の襲撃《しゅうげき》は、防ぐことができた。

以前のように大きな被害《ひがい》はなく、一般《いっぱん》市民に犠牲者《ぎせいしゃ》もいない。

人々には不安感を煽《あお》らないように、完全に勝利することができた。

そう伝えられている。

「ユリアさん。わざわざありがとうございます」

「いえ。ちょうど暇《ひま》していたので」

Sランク対魔師《たいまし》の再編成。

その他、軍の上層部にも大きな動きがあるらしく、僕らSランク対魔師に大きな任務は課されていない。

もっとも、まだ警戒《けいかい》態勢を解くことはできないので、完全に緩んでしまってはダメではあるが。

「ユリアくん。こんにちは」

「こんにちは、ベルさん」

いつものようにベルさんもそこにはいた。

王城の途中《とちゅう》で見た幻覚《げんかく》。

あの時はベルさんがいなく、僕が護衛になっていた。

けど、やっぱりベルさんがリアーヌ王女の隣にいるのがしっくりとくる。

「今日はクッキーを焼くんです。いかがですか？」

「え。クッキーですか……？」

デジャブを感じる。

まさか、ここがまだ夢の世界なんてことはないよな？

効果があるかどうか不明だが、僕は自分の頬を強くつねってみる。

「うん。ちゃんと痛い」

「えっと……その、大丈夫ですか？」

「あ、すみません！　大丈夫です！　クッキーはいただきます」

「そうですか！　それでは、腕《うで》によりをかけて作りますね」

そう言ってから、リアーヌ王女はキッチンへと姿を消す。

この場に残されたのは、僕とベルさんだけだった。

「ユリアくん。体調はどう？」

「一応、元気です。ベルさんはお元気ですか？」

「うん。元気だよ」

ベルさんの話は、エイラ先輩から聞いている。

僕と別れた後の話。

ベルさんは七魔征皇《しちませいこう》の一人と戦っていた。

しかし、その途中でクローディアさんの胸を突《つ》き刺《さ》して、相手は逃げていったと言う。

口封《くちふう》じだろうと先輩は言っていたが、実際のところは分からない。

「本当に色々あった」

「はい。怒涛《どとう》の日々でした」

「クローディアはね。親友だったの」

「はい」

唐突《とうとつ》にベルさんは話題を振《ふ》ってきた。

その瞳《ひとみ》は悲しみに満ちていない。

むしろ、覚悟《かくご》が決まったような瞳だった。

「一人ぼっちだった私のそばに居てくれた。ずっと一緒《いっしょ》だったわけじゃないけど、私が困っているときはいつも声をかけてくれた」

「……」

まるで語っているような口調。

僕はここまで饒舌《じょうぜつ》に話すベルさんを知らない。

それだけ、クローディアさんとの関係は深いということだろう。

「でも、私は師匠《ししょう》と剣《けん》の道を極《きわ》めることでいっぱいだった。クローディアのことは、見ることができなかった。道を外していたことに、気が付かなかった」

ベルさんは言葉を続ける。

「そして、私は師匠を失って、クローディアを失ってここにいる。ううん。それだけじゃない。たくさんの仲間の死を背負って、ここにいる。こんな私に託《たく》してくれた人がたくさんいる。だからね。悲しんでいる場合じゃないって。私はまだまだ戦うと。そう思うの」

「そうですね。僕も同じ気持ちです」

ベルさんも今回の件で色々と葛藤《かっとう》していたらしい。

互いに完全に振り切れてはいない。

けれど、することに変わりはない。

それだけは間違いなかった。

「さぁ、焼けましたよ～」

タイミングよく、リアーヌ王女が焼きたてのクッキーを運んでくる。

とても香《こう》ばしい匂いが鼻腔《びこう》を抜《ぬ》ける。

「クッキーは冷めても美味しいですが、焼き立ても美味しいですからね。ささ、二人とも。どうぞ」

ニコッと笑みをこぼして、食べるように促《うなが》してくれる。

僕とベルさんは、早速《さっそく》クッキーを口にする。

「うん！」

「……美味しい。流石は、リアーヌ様です」

「ふふ。そうでしょ？　私は街一番のお菓子屋《かしや》さんになるんだから！」

無邪気《むじゃき》に笑って、胸を張る。

ずっと張り詰《つ》めていた雰囲気が弛緩《しかん》していく。

それからリアーヌ王女も席について、三人で紅茶とクッキーを楽しんだ。

「ユリアさん。本題ですが」

「はい」

本題。

やはり、ただお茶をするために呼ばれたわけではないのは分かっていた。

「すでに耳にしていると思いますが、Ｓランク対魔師は再編成になります」

「序列が変わるということですよね？」

「はい。今までは穴を埋める形でしたが、今回は大きく変化します」

問題なのは、誰《だれ》が序列一位になるということだろう。

「その。序列一位は」

「まだ確定ではありませんが、ベルになるでしょう」

ベルさんにチラッと視線を向けると、彼女《かのじょ》は軽く頷《うなず》いた。

「ベルさんなら、きっと誰もが納得《なっとく》すると思います」

「はい。私もそう思います。そして、序列二位ですがユリアさんを抜擢《ばってき》しようという声が上がっています」

「僕を……？」

「流石に再編成に当たって、ユリアさんの実績を無視することはできません。一位にしてもいいのでは、という声も上がっているほどです」

「そうですか……」

正直言って、いまいちピンときていない。

Sランク対魔師の序列そのものに、僕は大きなこだわりを持っていない。

けど、自分が上に立つことになるのなら、その役目を全《まっと》うするだけの覚悟は持っていた。

「といっても、まだこれは話し合いの段階に過ぎません。一応、心に留めておいてくださいというお話です」

「分かりました」

「続いてですが――」

リアーヌ王女は、話を次のものに変える。

「軍の体制ですが、現在の保守派と革新派の人間は全員降りることになりました」

「それは、思い切りましたね」

「流石にこのままではマズいですからね。サイラスの件を知って、流石にあちらの人たちも理解したようです。その他の利権関係などを完全にリセットすることは難しいですが、大きく変化していくと思います」

「良かったです」

「ええ。まだ根本的な解決にはなっていませんが、変わりつつある。その事実が大切だと思います」

「そうですね」

サイラスさんのしてきたことは許されるものではない。

しかし、僕《ぼく》らはそれを無視していいわけではない。

しっかりと現実を見つめて、変わっていく。

僕が信じてきた人の良さが、現れているのだと思う。

「今までは保守派と革新派の関係もあって、作戦を決めるのに時間がかかっていましたが、今後はそのようなこともないかと」

「ということは、より戦いは激しくなっていくと？」

「……そうですね。前に進むとは、そういうことです」

リアーヌ王女は誤魔化《ごまか》したりしなかった。

僕ら対魔師に対する負担が大きくなる。

そのことをまっすぐな瞳で告げてきた。

でも、今更《いまさら》そんなことで引くわけがない。

「やることは変わらない。そうでしょう？」

「はい。流石はユリアさんですね。ベルと同じです」

「Sランク対魔師ですから」

ベルさんは僕を見て、口角を軽く上げた。

互いに自分の立場は分かっていると言うことだ。

「話は以上になります。正式に上から通達があると思いますが、それまではしっかりと休んでくださいね？」

「はい」

「それと……その。時間があるときは、私のお菓子《かし》の味見もしてくださいね？」

「えっと。ベルさんではダメなんですか？」

ふと、思ったことを尋《たず》ねてしまう。

何かとリアーヌ王女は僕にお菓子をくれるが、僕である意味はあるのだろうか。

「ダメです……っ！」

リアーヌ王女は大きな声で否定してくる。

「あ。その、男性の意見も大切なので！　女性だと参考にならないこともありますから……！」

「なるほど。それはそうですね」

女性と男性では感覚が違《ちが》う。

その意見はなるほど、と僕は思った。

ただし、リアーヌ王女は顔を真っ赤にしていた。

ベルさんも隣《となり》で微笑《ほほえ》ましそうに彼女の姿を見つめている。

そして、僕はリアーヌ王女の部屋を後にして、王城を出ていくのだった。

◇

このまま帰ってもいいと思ったが、時間があるので僕は公園のベンチに座《すわ》っていた。

一人でぼーっと誰もいない景色を見つめる。

一応、警戒態勢は維持《いじ》されているので、公園などの施設《しせつ》で遊ぶことはまだ解禁されていない。

まばらに人はいるが、子どもたちが遊んでいるいつもの光景はない。

「ユリア」

背後から声をかけられる。

「シェリー？」

そこにはシェリーが立っていた。

手には紙袋《かみぶくろ》を持っていた。

「そこのお店で買ってきたの。食べる？」

「じゃあ、いただこうかな。ありがとう。それにしても、偶然《ぐうぜん》だね」

「う……まぁ、そうね？」

シェリーは顔を逸《そ》らして、そう言った。

どこか気まずそうにしているけれど、なぜだろうか。

シェリーが僕の隣に腰《こし》を下ろす。

こうして一緒に食事を取るのも何度目だろうか。

「はい」

シェリーが紙袋の中から取り出したのは、ハンバーガーだった。

僕はそれを受け取る。

「ありがとう。お金は後で——」

「いらないわ。今日は私の奢り。ダメかしら？」

先輩《せんぱい》といい、奢られてばかりである。

ただここは、受け入れておくことにした。

ここまで言われて支払《しはら》うのは野暮《やぼ》というものだろう。

「なんだか、嘘《うそ》みたいね」

「？　なんのこと？」

「ユリアが戦ってきた世界を見て、こうして日常に戻ってくると不思議な感じがする。まるで、あの戦いがなかったことのように」

「その感じか」

「ユリアも分かるの？」

「うん。分かるよ」

命をかけて戦う。

そんなことばかりだった。

でも、ずっとそんな日々なわけではない。

こうしてゆっくりと落ち着く日もある。

そんな日は、少しだけ不安にもなる。

本当にここは現実なのか、と。

虚無感《きょむ》とは言わないが、妙《みょう》な感覚は残っている。

それに今回は、僕は完全に黄昏の力と一体化していた。

果たしてあの力は何なのか。

あれから、サイラスさんの自宅にも捜索《そうさく》が入って、いくつかの書類が見つかった。

おそらくは、それがサイラスさんの残していったものだろう。

黄昏症候群《トワイライトシンドローム》。

その病は、決して克服《こくふく》できないものなのかもしれない。

まだまだ謎《なぞ》が多いが、サイラスさんと僕の覚醒《かくせい》によって、少しでも謎が解き明かされたらいいと思っている。

未《いま》だに、その病によって亡《な》くなっている人はいるから。

「それにしても、首元がちょっと寒いわ」

シェリーは首にそっと触《ふ》れる。

今まで完全に覆《おお》い隠されていた場所だが、今は以前よりも髪《かみ》が短いので露出《ろしゅつ》する部分が多い。

それは僕にも理解できるものだった。

「あぁ。それも分かるよ」

「え、どうして？」

「僕も黄昏から帰ってきた時は、すごい長髪《ちょうはつ》だったから。短くした時は、すごくさっぱりしたよ」

思い出してみると、なんだか懐《なつ》かしかった。

「ふふ。ユリアってば、私のことをなんでも分かるみたいね？」

「いや、流石《さすが》にそこまでは」

「じゃあ――今、何を考えているか分かる？」

シェリーが一気に距離《きょり》を詰めてくる。

僕の目をじっと見てくる。

濡《ぬ》れたような金色の瞳。

口元を軽く突き出して、シェリーは徐々《じょじょ》に迫《せま》ってくる。

え。

これって……。

まるで吸《す》い込《こ》まれそうな感覚。

完全に思考が停止してると、シェリーがパッと離《はな》れる。

「ふふ。ドキッとした？」

「もう、からかわないでよ」

「あはは！　なんだか、ユリアっていつも余裕《よゆう》そうだから、試したくなっちゃって」

シェリーは顔を赤く染めながら、そう言っていた。

いやきっと、黄昏の光でそう見えているだけかもしれない。

「じゃあ、帰りましょうか」

「うん」

立ち上がる。

僕らは公園を後にする。

「ねぇ、ユリア」

「何、シェリー」

「手、繋《つな》いでもいい？」

どうして手を繋ぐのか。

その意図を僕は尋ねなかった。

「いいよ」

ただ、そう言った。

もしかすれば、不安を感じているのかもしれない。それほどまでに、過酷な戦いを経験したのだから。

「じゃあ……」

少しだけ遠慮《えんりょ》がちに、シェリーは手を握《にぎ》ってきた。

僕らはそのまま、帰路へとつく。

「ユリア。これから一緒に頑張《がんば》っていこうね」

「うん。進んでいこう、一緒に」

黄昏の光に包まれながら、僕らは進んでいく。

確かな意志を、この胸に抱《だ》いて——。

あとがき

初めましての方は、初めまして。

四巻から続けてお買い上げくださった方は、お久しぶりです。作者の御子柴奈々《みこしばなな》です。

この度は星の数ほどある作品の中から、本作を購入していただきありがとうございます。

さて、五巻はいかがでしたでしょうか？

ついにサイラスとの戦いにも決着がつきましたが、人類側には大きな傷跡が残ることになりました。

ユリアは一巻の時よりも、実力的にも精神的にも成長して来ているのかな、と思います。

今後も彼らの活躍にご期待していただければ幸いです。

謝辞になります。

岩本ゼロゴ先生。いつも本当に素晴らしいイラストの数々、ありがとうございます！

またコミックス第一巻も発売中なので、そちらもよろしくお願いします！

二〇二二年　四月　御子柴奈々

HJ文庫 1003 https://firecross.jp/

追放された落ちこぼれ、辺境で生き抜いてSランク対魔師に成り上がる5

2022年5月1日　初版発行

著者――御子柴奈々

発行者―松下大介
発行所―株式会社ホビージャパン

〒151-0053
東京都渋谷区代々木2-15-8
電話　03(5304)7604（編集）
　　　03(5304)9112（営業）

印刷所――大日本印刷株式会社

装丁――BELL'S／株式会社エストール

ISBN978-4-7986-2824-0　C0193